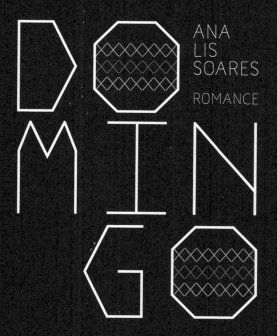

ANA LIS SOARES

ROMANCE

DOMINGO

instante

© 2021 Editora Instante
© 2021 Ana Lis Soares

Direção Editorial: **Silvio Testa**

Coordenação Editorial: **Fabiana Medina**
Revisão: **Mariana Zanini** e **Laila Guilherme**
Capa: **Fabiana Yoshikawa**
Bordados (capa e miolo): **Olga Yoshikawa**
Fotografia (capa e miolo): **Isabella Maiolino**
Diagramação: **Estúdio Dito e Feito**

1ª Edição: 2021
Dados Internacionais de Catalogação na Publicação (CIP)
(Angélica Ilacqua CRB-8/7057)

Soares, Ana Lis.
  Domingo : romance / Ana Lis Soares ;
  prefácio de Maria Valéria Rezende. — 1. ed. —
São Paulo : Editora Instante, 2021.

ISBN 978-65-87342-19-1

1. Ficção brasileira I. Título II. Rezende, Maria Valéria
Rezende

	CDD B869.3
21-2037	CDU 82-31 (81)

Índices para catálogo sistemático:
1. Ficção brasileira

Texto fixado conforme o Acordo Ortográfico da
Língua Portuguesa de 1990, em vigor no Brasil a partir de 2009.

www.editorainstante.com.br
facebook.com/editorainstante
instagram.com/editorainstante

Domingo é uma publicação da Editora Instante.

Este livro foi composto com as fontes Arnhem,
Naive Line Sans Regular e NeueKonst Square Thin e
impresso sobre papel Pólen Soft 80g/m² em Edições Loyola.

Produção   Realização

*A Arlete e Marco Túlio, meus pais.
Pela herança de sangue e palavras.*

ESCRITORA TECELÃ

Cada vida humana contém em si o embrião de um romance. Disso tenho certeza. Para dar origem a um romance de fato, impresso, encadernado e exposto nos "lançamentos", só lhe falta quem o escreva. Aliás, a própria Ana Lis já nos diz isso na primeira página deste seu livro: "É do desejo de narrar que a história deixa de ser potência, faz-se estado". Pode ser a vida do próprio autor — o que há pouco se tornou moda designar como "autoficção" — ou as vidas que imagina, compondo-as com retalhos de memórias, do que observa, lê, ouve, pesquisa ou, parcialmente, acompanhou de perto.

Costumo dizer que, *grosso modo*, vejo dois grandes tipos de escritoras e escritores: de um lado, os que olham mais para o espelho (não faço aqui diagnóstico de narcisismo ou algo semelhante) e vão fundo com uma narrativa *en abîme*, tentando chegar, por meio da escavação de um único sujeito-personagem, ao fundo do poço de onde mina aquilo que nos constitui a todos como simplesmente humanos viventes e indefesos; de outro lado, as escritoras e os escritores que vivem espiando o mundo pela janela, pelas frestas, do alto das copas das árvores, por cima dos muros, escutando ou lendo conversa alheia, buscando reconhecer e compreender os elementos e os nós da trama que nos mantém como uma única inescapável família ou teia humana, quase sempre aberta ou disfarçadamente conflitante, da qual nenhum de nós pode escapar, mas busca, mal ou bem, incessantemente defender a própria fragilidade. A segunda é a tribo à qual me junto quando escrevo e creio que a ela também pertence, pelo menos neste livro, a autora deste *Domingo*. Aliás, as duas primeiras páginas expõem, de modo muito mais belo e revelador, o que eu quis dizer com minha formulação: "Embora sejam apenas miudezas, já adianto, não sou narradora de grandiosidades. O que conto são detalhes, fracassinhos cotidianos ou alegriazinhas escondidas em pensamentos que surgem do estômago. A graça vem em forma de susto — e já passou. (Pessoas e seus mistérios, é essa a minha matéria.)".

Algo, porém, me causa especial espanto neste *Domingo*: é o primeiro romance, creio que a primeira aventura ficcional trazida a público, de uma jovem de não mais que trinta anos! Como pode ter, em tão pouco tempo, acumulado um conhecimento que me parece tão profundo e amplo e ser capaz de contar tantas vidas aparentemente díspares, cada uma delas com alto grau de empatia e tal percepção das diferenças que nos separam e de dores, desafios, possibilidades, fracassos, interdependências que nos tornam inseparáveis? Neste momento de nossa história, em que essa constatação se nos impõe de maneira dolorosa e violenta por meio de uma natureza revoltada contra nosso desrespeito para com ela, cada descoberta de vozes jovens que contribuem para reformular e reesperançar nossa forma de estar no mundo tem para mim o brilho de uma epifania!

Sim, este romance tece-se como uma manta de barafunda — como se chamava um tipo de tecido de lã fina, de várias cores estreitamente entremeadas, feito pelas mãos de mulheres lá nas terras de Passos, do Sul de Minas, onde tanto Ana Lis quanto eu temos nossas raízes. Cada capítulo tem o nome e a história de uma mulher, mas, na verdade, do conjunto poderíamos dizer que conta a vida de todas as mulheres, os desafios comuns a todas elas, atravessando barreiras de raça, classe, meio de subsistência, religião, arranjos familiares, campo e cidade, revelando um possível caminho de futuro para toda dor silenciada, toda luta feminista e, ainda, os fundamentos de um conceito de uso recente e necessário, o de interseccionalidade.

Sem jamais ser panfletária nem impingir conselhos a quem a lê, Ana Lis traça, sutilmente, a indicação de um caminho que talvez só percebamos por completo ao ler a última linha da derradeira história que compõe este texto-tecido, no qual cada capítulo pode ser lido como novela autônoma, mas que, como romance, vai aos poucos revelando sua entranhada unidade. Ana Lis revela, assim, grande respeito e confiança na inteligência e na sensibilidade de quem a lê, mais uma qualidade a louvar.

Na verdade, não gostaria de estar apenas escrevendo uma tentativa de prefácio para o livro, mas, sim, sem limites de tempo ou extensão, queria estar conversando com a autora, suas leitoras e seus leitores, descobrindo livremente os atalhos, as veredas que podemos explorar a partir das cores e da trama que aqui se tece e de suas entrelinhas. Esperando esse momento, sigo relendo e me encantando com o emprego tão especial e inspirador que a autora faz de nossa bela, rica e maleável língua, onde os verbos reservados em geral a ações humanas são incorporados pelos objetos e vice-versa, mais uma das qualidades encantadoras e surpreendentes deste *Domingo*.

Bom domingo, ou qualquer outro dia da semana, amigas e amigos leitores!

Maria Valéria Rezende, escritora
maio de 2021

"Eu que detesto domingo
por ser oco."
Clarice Lispector, *Água viva*

"Domingo descobri que Deus é triste
pela semana afora
e além do tempo."
Carlos Drummond de Andrade,
"Deus é triste", em
As impurezas do branco

O OVO, O PORTAL, O BERÇO

Eu poderia começar esta história a qualquer segundo, dizendo-lhe "aqui é o ovo, o portal, o berço" — mas não. Não haveria de ser o princípio, pois o princípio é nunca, sempre, a qualquer instante. Quando eu soprasse, seria apenas decisão aleatória de que fosse agora, e não em outro lugar.

E não vem ao caso a exatidão do quando, são muitos os tempos. Nada é de todo definido, porque hoje é domingo, e domingos não têm fim nem começo.

Por isso, escrevo sem anseio de dar início a nada. É do desejo de narrar que a história deixa de ser potência, faz-se estado. Embora sejam apenas miudezas, já adianto, não sou narradora de grandiosidades. O que conto são detalhes, fracassinhos cotidianos ou alegriazinhas escondidas em pensamentos que surgem do estômago. A graça vem em forma de susto

— e já passou.

(Pessoas e seus mistérios, é essa a minha matéria.)

Assim, essas histórias podem ser daquela mulher que passou por você na calçada ontem, ou da vizinha que abre poucos centímetros da porta e sussurra "Bom dia, até mais", depois faz-se vulto, movimento seco para dentro, abandono do comentário irrefletido.

Ou, talvez, sejam apenas travessia por memórias inventadas, travessões de vida, sentimentos abandonados em caixas de papelão. Mas mexo em cantos redondos, vou fundo em cada imagem empoeirada, relembro o diálogo incompleto e morto para que se criasse a solidão de um dia.

A vida que pulsa em palavras e em silêncios — é isso que quero lhe dizer, que escrever é meu modo de desenhar desmemórias, desimportâncias, essência do existir. Domingos.

Então, abro a boca: faça-se o verbo, o mundo, mesmo que antigo.

Assim, elas se aproximam. Está ouvindo? São elas: pessoas, personagens, vozes do domingo. Histórias que colhi em sete ilhas.

BEA
TRIZ

Naquele dia, choveu como se provássemos o céu. Choveu para dois mundos inteiros. Não sei como pôde nascer alguém tão seco em um dia tão chuvoso, como? Eu gritava com tamanha força, força de fera, olhava pela janela do hospital e tudo era de um cinza turvo, neblina na Terra — não se via um palmo à frente, e eu estava a sete palmos do chão, no inferno para onde a dor nos leva. Gritava porque você parecia sair de mim como quem mata para viver.

Você não sabe, não é? Nunca entenderá o que digo, só falo insanidades, sou Medusa: "Sim, mãe, foi você quem me transformou em pedra. Sou pedra, sou pedra seca". É como se a ouvisse, Amanda, pois você é dentro de mim. Fui, sou e serei lágrimas, placenta, enchente em sua vida, desde aquele domingo de tempestade em que você nasceu Amana, água de chuva. Mas pariu-se Amara. Inóspita. Até que a morte nos separe, esse é meu papel.

Te amo como quem mata para salvar, minha Amanda.

Está preparada para sair de casa, mas continua a mirar-se no espelho atônito, o reflexo de uma mulher que tem tanto para falar. Em fuga, os olhos desviam-se para o telefone, na esperança de que Amanda ligue. Quem sabe o silêncio não se quebra com o soar do aparelho? Bastaria que dissesse: alô, mãe, estou com pressa, chegando ao hospital, está tudo bem com você? Ok, te ligo depois, preciso ir. Sim, já seria satisfatório, não pediria mais que isso. Algo para além dessa leviana preocupação já seria verter excessos.

Ah, não, chega!, pensa, espantando a divagação. Sente algo no ar, mas o que pode ser tão importante que precise ficar aqui, olhando-se no espelho? Não, chega. O relógio bate nove horas, os carrinhos e as sacolas já estariam passando ansiosos entre as barracas da feira, o cheiro das frutas e das verduras invadindo o ar, precisa ir, precisa ir agora.

Chega, que negócio é esse de enrolar-se além da conta?

Já tomou seu café, já passou as roupas da semana, está preparada para sair, *daqui a pouco o sol esquenta, faz calor demais e choveu de menos esse mês, preciso ir.* Enfim, ensaia um sorriso para o espelho, olha pela última vez o telefone. Amanda não ligaria. E ela precisa ir. Nove e dez. Chama o elevador, segura o carrinho, pega a coleira.

— Vamos, Ulisses! Vamos passear.

Com sorte, encontraria algum vizinho para falar sobre o tempo: Que sol, não? Que calor, meu Deus! Então, despistariam a espera de nove andares abaixo até o térreo, ah, sim, também poderia perguntar sobre a última reunião do condomínio. Mas quem liga para um prédio tão velho, mais uma espiga no centro da cidade — mais uma entre tantas construções, tantas janelinhas espiando largas avenidas: e ali dentro estão pessoas como ela, professora de colégio bom, mas aluguel, condomínio, alimentação, a ração do Ulisses? Viver é caro, e lecionar há tantos anos a levou para o velho edifício que implora por pintura, sem falar da fiação elétrica ameaçadora, da fachada triste e antiquada... Ah, o que é que importa? Vive em um apartamento aconchegante, tão antigo quanto espaçoso, com três quartos inteiros para morar, ela, Ulisses, as plantas muitas, os livros sem fim.

O prédio pode estar meio esquecido, mas seu apartamento não, ele é cheio de vida! Aqui estão as paredes coloridas, os bibelôs, as lembranças de viagens, o quadro do mar iluminado pela luz do farol, esse farol que a hipnotiza tanto. Também tem o sofá de estimação, que, embora rasgado pelas mordidas do cachorro, dá um ar de conforto ao ambiente, abraça suas leituras. É verdade que não tem muito, mas cada coisa aqui tem um pouco de si. E isso é valioso.

As chaves fazem barulho enquanto fecha as duas trancas. O elevador chega, ali está José. Ulisses anima-se, late grosso.

— Como vai, José? Bom dia.

— Bom dia, Beatriz.

Ah, bem, José não é propriamente o vizinho mais falador, mas é simpático. Tião, o porteiro, gosta de brincar que os dois poderiam formar um casal. Até que é gostoso ouvir isso, tão gostoso que a faz corar.

Ela? Talvez nem soubesse mais como cuidar de alguém. Se bem que, quanta bobagem! Não precisa cuidar, é só amar. Mas e amar, saberia?

— Indo para a feira, é?

José dirige-se a Ulisses, que tem a atenção fixa no vizinho de olhos profundos. Beatriz gosta da interação das pessoas com o cachorro, acredita que todo mundo sabe dar o melhor de si quando fala a um animal.

— Claro, não perdemos um domingo, não é, Ulisses? Faz muito calor nesta cidade, ficar em casa é que não tem jeito.

— Não mesmo, é bem verdade.

— E você? Vai ao bar?

— Sim, encontrar os amigos. Pelo menos assim o domingo passa rápido.

Tião está lendo o jornal do sábado, bebericando o café doce como melado que dona Josefina, do primeiro andar, trouxe mais cedo. O turno começa às seis em ponto e logo a octogenária vem arrastando os pés nas velhas pantufas com a garrafinha térmica nas mãos, nunca se esquecendo do porteiro.

Assim que a porta do elevador se abre, ele desvia a cabeça das notícias e deixa escapar um sorriso por trás do bigode.

DOMINGO | 17

Beatriz pode ler os pensamentos de cupido em missão urgente. *Será que comenta essas coisas com José também?*

— Bom dia, dona Beatriz, seu José. Manhã bonita, hein? Faz um calor do cão lá fora. Com todo o respeito, dona Beatriz, está bonita por demais!

— Imagina, são seus olhos, Tião. Estou indo à feira, quando voltar te trago aquele pastelzinho de carne que você adora.

— Muita bondade sua, dona Beatriz — Tião responde, dando piscadelas contentes.

Todo domingo, Beatriz lhe faz esse agrado; tornou-se, acima de tudo, um motivo para papear. Ele adora contar as novidades do prédio, domina o desenrolar da vida dos moradores. Para ela, tanto as pequenas fofocas quanto os acontecimentos mais interessantes, que se misturam nos informes de Tião, são narrativas da vida ordinária e real, histórias nascidas nesse prédio cinzento. E a vida, afinal, não é ficção que dói de verdade?

— Tião, abre pra mim, por favor? — A voz de José faz eco no *hall* gelado. — Obrigado, tenham um bom dia.

— Até mais, seu José, responde-lhe o porteiro.

Beatriz apenas suspira um adeus inaudível, enquanto observa o vizinho de costas, o jeito fluido de caminhar. Aperta a coleira na mão. *Até que seria bom se esse flerte vingasse...* Assim, poderia variar um pouco a rotina sempre solteira: mãe, professora, moradora, mulher. Solteira, sola, sozinha.

— Bem, Tião, já vou porque o sol está esquentando. Nos vemos daqui a pouco.

— Vai com Deus, dona Beatriz.

A calçada tem forte cheiro de urina. Ulisses está apressado, contente por sair de casa: vira-lata pertence ao mundo e pressente suas origens ao farejar as coisas, o homem deitado na guia, *"vi ontem um bicho, na imundície do pátio, catando comida..."*, Beatriz declama mentalmente, assim que passa os olhos por esse rosto estranhamente íntimo, de longos cabelos e barba, corpo franzino que está sempre por ali, arrastando as feridas da pele para baixo e para cima, as mãos buscando por misericórdia e moedas no quarteirão. Como ele, há muitos na vizinhança, pois grandes cidades se alimentam de vida humana. *"O bicho, meu Deus, era um homem"*, continua a caminhar, puxando a coleira para perto de si.

Mas o cachorro não freia a excitação, farejando os milhares de histórias que a rua conta ao seu focinho curioso, como se tudo fosse novo, um *big bang* a cada passeio. Ele parece saber aonde estão indo, babando pelas frutas derrubadas no chão da feira... Ah, domingo é festa farta no estômago de Ulisses.

Contagiada, começa a se sentir mais disposta, não sem razão, o médico recomendara que tomasse sol por pelo menos quinze minutos todos os dias. É uma missão complicada essa, respondeu-lhe, mas a vontade era indagar: como é que tomo sol se vou para o colégio cedo demais, com o céu ainda a amanhecer, e volto depois das dezoito horas, doutor? Que não dissesse para aproveitar o horário de intervalo em meio à gritaria das crianças e à risada histérica dos adolescentes no pátio da escola particular, porque professora na idade dela precisa de um mínimo de silêncio para sobreviver, entende, doutor?

Mas tudo bem: aos domingos, não só pode como tem prazer de obedecer ao médico, fazer a caminhada, mexer o corpo, pois, sim, movimentar-se é a coisa mais animal que existe. São mais de dez quadras para chegar à feira, então pode sentir o calor do sol chegando aos ossos, uma deliciosa sensação de abraço.

Além disso, durante o percurso, mantém a atenção no presente, esquecendo-se de hipóteses doces: e se a filha ligasse, se aparecesse? Se veem tão pouco... *Se viesse, cozinharia algo diferente da comida de passarinho que deve comer em casa e no hospital, Amanda sempre se alimentou mal...* Mas é como dizem: acostumamo-nos às coisas prontas. "Mãe, estou com fome", e tchanã!, prato na mesa. "Mãe, estou saindo para comer com a galera, enjoei de comida requentada", e bum!, dinheiro na mão e porcaria no estômago. No trabalho, basta esticar o pescoço para receber o suco no canudinho: a enfermeira segura o copo, o paciente com o peito aberto, e Amanda com luvas ensanguentadas. Servida, satisfeita.

"Um dia vou ter muito dinheiro e não vou precisar fazer empréstimo em banco, ficar nessa pindaíba de vida", soltou certa vez, em tom de faca. Tinham acabado de chegar da escola, Beatriz carregava bolsa, cadernos, livros e contas que pegara na portaria; Amanda olhava-a de soslaio, com ar superior, quando, de repente, lançou a frase mordaz, como se tivesse arremessado ácido na cara da mãe. Doeu-se inteira, Beatriz não teve nem forças para responder. Ficou chocada pelo pensamento arbitrário da filha, seguido pela batida da porta do quarto.

Amanda sempre abusou da perspicácia acima da média para disfarçar suas faltas, tornando-se mestre em apontar hiatos alheios. Vivian Piantino foi uma de suas grandes vítimas, Beatriz se lembra do nome ainda constrangida, pois bem sabia que a colega era o reflexo dos sonhos de sua filha e, por isso, tão insuportável aos olhos de Amanda.

Até que, no segundo ano do ensino médio, finalmente se esqueceu um pouco de Vivian para focar sua revolta na professora de literatura: "Be-a-triz, não li o livro desse mês, achei muito chato"; "Be-a-triz, por que é que a gente tem que ler esses autores velhos e ultrapassados?". Havia desdém em cada sílaba e deleite pelas risadinhas dos amigos (ou seguidores?) fiéis.

O que tinha feito para criar alguém tão ácido? Algumas vezes, procurou outros professores de Amanda, mas os colegas tangenciavam, citando as notas excelentes, a capacidade de compreender tudo na primeira explicação, as monitorias que dava com brilhantismo etc. etc. "Você é muito exigente, Bia", repetiam.

Ao longo dos anos, a relação entre elas não ficou mais fácil, apenas mais distante. Não há mais aquela revolta, mas falta conexão, parecem estar sempre desconversando... chega a ser triste, como naquela noite em que jantava no sofá, assistindo ao telejornal, e derrubou todo o macarrão no colo ao ver a imagem de Amanda na tela. Lá estava ela: bonita como sempre, que figura potente em seu jaleco!, concedendo entrevista em rede nacional após liderar uma cirurgia inédita no país. "Procedimento bem-sucedido graças à competência da equipe de médicos e profissionais de saúde. Agora vou falar com a cirurgiã cardiovascular, doutora Amanda Rodrigues, uma das médicas mais jovens a realizar procedimentos como esse no Brasil", explicou a repórter.

Amanda é, realmente, estranha e extraordinária.

— • —

Passa as mãos de leve na cabeça de Ulisses, enquanto aguardam o sinal verde para pedestres no cruzamento entre duas avenidas. Faltam poucos metros para chegar. De repente, a tranquilidade é entrecortada pela freada brusca de um carro, seguida de buzinas nervosas do motorista, que xinga a travessia descuidada de uns garotos. Em trapos, carregando caixas de chicletes para vender, a turma responde ao nervosismo com palavrões, risadinhas e tapinhas nas costas uns dos outros.

Beatriz sente o corpo estremecido. O som dos pneus a transporta para o dia em que a filha foi atropelada. *Tudo aconteceu tão rápido*, lembra-se da ansiedade da menina para chegar logo ao parque de diversões, pois queria muito, muito, muito brincar, mamãe, vamos, vamos! Corria para atender à sua urgência, mas foi o tempo de solicitar os dois ingressos para perdê-la de vista.

Então, o freio do carro, a queda.

Amanda! Na tentativa de gritar, tudo o que conseguiu foi soltar um miado de dor. O medo tomou-lhe a capacidade de se movimentar, mas os olhos, sim, alcançaram Amanda, o corpinho atirado no chão — e seguranças, crianças, pais, um bando de gente correndo para ver como ela estava, Beatriz ouvia o desespero das outras mães na fila da bilheteria, ai meu deus, ai meu deus! E ela ali, chiando, dura.

Na ambulância, segurou sua mãozinha, enquanto a menina chorava de dor, e ela, de culpa. No hospital, Amanda admirava sua heroína urgente, anjo vestido de branco: doutora Maria Elisa. De todos os detalhes que a memória deixou escapar daquele dia, este seria incapaz de esquecer: o nome que a filha repetiu durante dias, semanas, meses. Maria Elisa, Maria Elisa. Maria Elisa. Abusava na doçura ao pronunciar as duas palavras, ao mesmo tempo que passou a olhar para Beatriz como quem grita: irresponsável, por sua culpa tenho o braço engessado, cortes nas pernas, por sua culpa senti dor. Saia daqui, quero a doutora Maria Elisa, ela cuida de mim melhor do que você!

Beatriz quase não conseguia olhar para Amanda, tomada pela ideia de que a filha sabia, sabia desde que nascera, que poderia brincar dentro da cabeça da mãe.

Ah! Que besteira ruminar atropelos da vida, de que adianta isso? Respira fundo, abandonando a memória de mais de trinta anos.

Ulisses lambe os beiços, pressentindo o suco das maçãs maduras escorrendo pelas presas. O vozerio se aproxima e enche Beatriz desse sentimento semanal, a alegria sem grandes motivos, porque ali, em meio a tantas pessoas, sente como se estivesse onde deveria estar, seu lugar no mundo.

Enfim, a feira: dezenas de barraquinhas montadas desde a madrugada, os vendedores em pé gritando ofertas imperdíveis, outros sentados para descansar as pernas, os fregueses batendo sacolas umas nas outras, o estômago contente caminhando em meio a cheiros diversos, o som das fritadeiras borbulhando óleo e massa de pastel.

E mexericas. Muitas mexericas. A fruta predileta de Beatriz é a grande estrela do domingo, essa fruta que enfeita manhãs, que perfuma o mundo como se nada mais nos faltasse. Beatriz costuma pensar: mexericas são como gente, muitas em uma só, reunião de gomos, potência de suco — doce ou azedo — prestes a explodir, essência misteriosa que se revela apenas no contato com a boca.

Seu sabor, qual seria? Talvez agridoce, nessa mistura de mulher um tanto satisfeita, um tanto frustrada. Mais doce seria se tivesse seguido o sonho de ser atriz? Por muitos anos jogou esse jogo de reinventar o presente, de mudar o passado. Imaginava-se nos palcos, sentindo o calor dos holofotes e das palmas. Mas já fazia tantos anos que suas cortinas tinham sido fechadas...

Deu as costas para tudo, nem se despediu dos colegas da companhia. Impossível, estava com raiva, sentia náuseas. "Melhor abandonar sem nada dizer", e assim o fez, porque não há sentimento mais forte que o nojo — de si e dos outros. Apenas Angelina e Gustavo insistiram em entender a decisão brusca, foram atrás dela até arrancarem respostas para o abandono de tanto. Ainda bem, pois o que teria feito sem a ajuda dos dois amigos nos meses seguintes, se tivesse seguido a vaidade ferida, a alma machucada?

— Seu Onofre, aí está você! Senti sua falta semana passada, queria tanto um queijinho.

— Pois tava em Minas, trouxe mercadoria da boa, ó: queijo da Canastra fresco e meia cura. Tem doce também, se quiser dar uma olhadinha, tem de leite, goiabada cascão, cocada...

— Nossa, dá vontade de levar tudo.

— Leva, uai! Tem compota de fruta também, figo, mamão verde, laranja, abóbora com coco. Ih, dona Beatriz, hoje é dia de tirar a barriga da miséria!

— Doce de mamão! Quanto tempo não vejo... Lembro da minha mãe, ela adorava. Vou levar. Também quero um queijo fresco, e metade do curado, assim posso ralar para a macarronada. E um doce de leite, que esse é o melhor que já comi.

— Faz bem, é como minha filha diz: a vida é muito curta para não ter doce de leite.

Precisa ligar para Angelina, seria bom tomar um café qualquer dia, poderia levar o queijo da Canastra, de que ela gosta tanto... como andaria sua saúde? Da última vez, não parecia muito animada, a dor nas costas não a deixava em paz...

"Estou cansada, Bia, as oficinas estão indo até tarde da noite, fora que o desgraçado do locatário aumentou o aluguel de novo, não há quem consiga acompanhar o ritmo dos preços, não ganhamos o suficiente nunca. Também, né? Quem é que ainda quer mexer com teatro neste país? Ah, mas que chatice, estou parecendo uma velha reclamona." No fim, estava dando gargalhadas, Angelina sempre se envereda por histórias interessantíssimas, afastando maus pensamentos.

Tia Angel foi um ícone de Amanda por anos, quando ainda achava o trabalho artístico algo "muito chique, mamãe". Afinal, que coisa mais incrível ser aplaudida, receber flores, ser notada em meio a um bando de gente! "Posso ser famosa também, mamãe?" Ah, é realmente sua filha...

Naquela época de intensas idas ao teatro, as duas viviam uma na companhia da outra — a menina permanecia na plateia de olhos vidrados, e Beatriz, com o coração de vidro. O passado, a ficção, o presente e a realidade se confundiam enquanto assistia às histórias: mesmo distante do palco, podia sentir-se tocando a atriz que fora um dia, aspirante a protagonista. A jovem que sonhava dar vida a personagens, mas que acabou parindo uma vida que nem vislumbrava: a vida que se sentava ao seu lado, na plateia.

Algumas vezes, imaginou: se ainda fosse atriz, Amanda iria admirá-la? Ah, era uma ideia tentadora, mas puro deslumbre, roteiro sem final feliz. Pois mesmo o encantamento pela tia postiça não atravessou a adolescência, quando constatou que, se ela fosse realmente tão boa, estaria na televisão ou no cinema, não no teatro. "Perdi a paciência para velhas hippies."

O motivo da revolta contra Angelina nunca foi revelado a Beatriz, mas a verdade é que Amanda ressentiu-se pelas negativas da tia em ajudá-la a encontrar o pai. A atriz não movia nem um músculo do rosto ao ouvir as indagações sobre quem ele seria, onde estaria. Perguntou por anos, até que recebeu a resposta derradeira: será que já havia tentado entender sinceramente por que Beatriz não lhe contara muita coisa além do nome daquele homem? Será que as informações que tinha não seriam suficientes para seguir adiante? Sim, a dor que sentia era legítima, dor de se sentir incompleta, angústia por lhe faltar uma parte da história... Que não pensasse que ela, Angelina Cardoso, não podia entender, muito pelo contrário! Conheceu esses sentimentos muito tempo antes, também crescera sem pai. Já adulta, foi atrás do rastro dele, grande decepção. Mesmo que parecesse impossível, passou a tê-lo ainda em menor conta do que antes: "Era um bosta".

Com as negativas às perguntas, Amanda foi tateando a falta, o próprio vazio desde muito cedo, assombrada pelo fantasma de um pai de quem sabia nome e sobrenome, mas que não tinha rosto, voz.

De tudo, porém, o que mais a atemorizava eram os trovões nos olhos da mãe. Sim, trovões, sons que não podia entender bem, que ouvia quando observava Beatriz em casa, com aquele jeito de quem é infeliz, por quê? Não dizia, mas sempre sentiu pavor de que esses barulhos terríveis fossem por sua causa — teriam os trovões nascido nos olhos da mãe naquele dia chuvoso em que nascera? Seria por causa dela e daquele dia que Beatriz carregava uma tempestade dentro de si?

Tremia, sentia-se solitária. Queria saber sobre o pai para preencher sua vida. Mas, sobretudo, para decifrar os trovões da mãe.

— • —

— Bia, olhe o que separei para você, mexericas! Veja como estão no ponto hoje, experimente!

— Como não ser freguesa de alguém tão atencioso quanto você, Zélia? Vim pra cá sonhando com elas. Na semana passada, foi uma tristeza... mas hoje estão lindas.

— Te disse que era só questão de esperar mais alguns dias, não foi? Aí estão, deliciosas.

Morde um dos gomos que Zélia colocou em sua mão. O cheiro, o cheiro dos céus: sim, só pode ter sido o deus ou a deusa dos sagrados perfumes e sabores que criou a mexerica.

DOMINGO | 25

— Humm... Que delícia, Zelinha. Vou levar seis, não, coloque sete. E esses cajus? Estão com uma cor linda. Por muito tempo tomei suco de caju no almoço de domingo, minha avó tinha mania disso.

— Também adoro um suquinho de caju. Bia, tô te achando mais animada, semana passada tava muito borocoxô. Bom te ver melhor!

— Pois é, graças ao chá que você me recomendou e às inalações, estou cem por cento, foi como tirar a rinite com as mãos!

— Sim, chá de urtiga é o melhor remédio pra alergia, inflamação. Que bom que te ajudou.

Zélia é dessas mulheres que parecem saídas dos contos de fadas: sabe tudo sobre plantas medicinais, veste-se de maneira extravagante, com colares e brincos enormes, anéis em quase todos os dedos das mãos e dos pés. Tem a voz suave, perfeita para recitar suas receitas naturais contra qualquer mal: de gripe a rabugice, Zélia combate tudo com ervas, frutas e pitadas de ingredientes secretos. Há anos trabalha na feira, por isso Beatriz e ela são antigas conhecidas, trocando semanalmente segredos da cozinha e bons desejos.

Ulisses ataca a maçã que Zélia lhe jogou de presente: todo mundo que conhece o cachorro de Beatriz sabe que nada o deixa mais satisfeito. Angelina, por exemplo, nunca se esquece de fazer o agrado, pois sempre carrega uma na bolsa, mais pelo bem que faz às cordas vocais do que pelo apreço à fruta. "Quem me ensinou a comer maçãs para a voz foi o Gu; ele comia todos os dias, lembra, Bia?"

Gustavo, que saudade. Está chegando seu aniversário, faria setenta anos. Que desperdício de mundo sem Gustavo, seu talento, sua sensibilidade. Morreu cedo, que tragédia, assassinado de maneira brutal pelo namorado: quinze facadas por todo o corpo, abandonado para sangrar e morrer solitariamente. Que tristeza...

A ele, Beatriz poderia falar qualquer coisa, sem tabus, sem medo. Amanda tinha poucos meses, sentia cólicas constantes, berrava e esperneava no colo da mãe por horas seguidas. Certa vez, sem comer ou dormir havia quase dois dias, Beatriz colocou a filha no carrinho e sentou-se no sofá, paralisada pela maternidade. Dentro de si, uma voz de abandono a perturbava, sentia frustração. Estava exaurida, a mente dava cambalhotas infantis. Não tem noção de quanto ficou ali, chorando junto de Amanda, até que finalmente conseguiu pegar o telefone e discar o número do amigo. "Tire essa menina daqui, preciso fazer xixi."

Não disse mais nada, não precisou. Logo Gustavo apareceu na porta de mochila nas costas, tinha passado em uma farmácia no meio do caminho e comprado mamadeira para a bebê e um chá de camomila para a amiga. Foi para a cozinha direto, voltou com mamadeira higienizada e chá feito, esperou que Beatriz enchesse de leite o recipiente, que tomasse a bebida quente, então colocou-a na cama, beijou sua testa e permaneceu ali uma semana inteira.

"Gustavo, não sei o que fiz da minha vida", confessou-lhe naqueles dias nublados, os dois vivendo improvisadamente, a bebê observando-os com olhos úmidos. "Quem é que sabe, Bia? Roteiristas da vida de artistas são os maiores malucos dos céus, é tudo um caos, a gente só vai vivendo."

Numa das últimas vezes que encontrou Gustavo, antes do fatídico dia de agosto em que foi morto, percebeu certa perturbação em seu olhar, embora estivesse sorrindo, conversando como sempre. Às vezes, Beatriz tem a impressão de que ele sabia estar em perigo — mas, ao mesmo tempo, acredita que isso seja pensamento enganoso, tragédia anunciada apenas se vista em retrospecto. O fato é que não deixa de se perguntar por que ele decidira confidenciar o antigo segredo de Angel e Carlos justamente naquele dia. Por que despertar o assunto tanto tempo depois senão pelo medo, pelo pressentimento da vida por um fio?

— Aqui está o dinheiro, Zelinha, nos vemos semana que vem.

— Fica bem, querida, até domingo. Ah, Bia, aproveite que a lunação está favorável para o cuidado, para o perdão, para a cura de feridas, hein?

Sente o couro cabeludo queimar, e até Ulisses está ofegante. Chegou o momento de descansarem um pouco — e ela não deveria comprar mais nada, o dinheiro anda curto, precisa dar uma controlada, tudo anda tão caro. Será que o aumento no ano que vem ficará acima do dissídio? A coordenação do colégio chegou a comentar tal possibilidade no começo desse ano, mas permaneceu apenas na promessa, então cá está ela, precisando fazer conta, abrindo mão de seus pequenos luxos: não viajará para a praia no *Réveillon* com Angelina, cortou o plano pós-pago do celular faz alguns meses, evita comprinhas secundárias, o que significa que a coleção de bibelôs estagnou, os livros permanecem os mesmos nas estantes e não tem comido o delicioso bolo de chocolate da padaria da esquina, que costumava comprar aos sábados, ainda quentinho.

Senta-se num banco à sombra de uma árvore da praça, após pedir o pastel de queijo, seu favorito, e um copo grande de garapa bem gelada. Dá um gole na bebida, sentindo-se refrescar, considerando-se privilegiada por se saber feliz com tão pouco. Tem consciência de que deve evitar gorduras, doces e carboidratos, pois a diabetes ameaça chegar, mas é tão gostoso desregrar-se aos domingos... além do mais, os deleites já lhe são reduzidos, então dá-se o direito de manter os que possui com tal zelo e sempre e tanto quanto possível: comer mexericas, pastel com garapa, doce de mamão, macarronada; ler seus livros, assistir a filmes derramada no sofá; ir ao teatro; ficar descalça em casa; olhar para os quadros da sala, fazer carinho em Ulisses. *É... a vida pode ser resumida em poucos verbos.*

— • —

Pede o pastel de Tião para viagem, lembrando-se do sorrisinho que o porteiro lançou mais cedo, ao vê-la perto de José. Sente um frio na barriga só de vislumbrar a ideia de envolver-se, abrir-se a um homem. Gostaria de ser desejada, sim, mas... amor?

Amor? Em sua vida, amores foram barcos transportando nostálgicos adeuses. O último deles, Raimundo, "uma rima e nenhuma solução" (hoje consegue achar graça da brincadeira), foi paixão arrebatadora, sem dúvida.

Conheceu Raimundo na aula de dança de salão, apaixonaram-se na segunda salsa. Isso já faz quase vinte anos, mas pode sentir as grandes mãos daquele homem pegando-a pelas ancas, embaraçando as pernas nas dela, conduzindo-a na pista e na cama. Ficaram juntos por um ano inteiro, pouco mais que isso; começava a acreditar que seria o parceiro que faltava em sua vida, até que houve o descompasso, então Beatriz saiu da pista, deixando Raimundo dançar outras danças, conhecer outras ancas.

Nem mesmo voltou a bailar novamente. Que graça haveria dançar sem Raimundo?

Mas, da despedida desse namoro, o que mais lhe doeu foi fechar a porta e perceber que Amanda estava ali, parada: tinha ouvido a conversa, testemunhado a dor de cada palavra. E sorriu. Nada falou, nada perguntou, apenas encarou a mãe como um experimento que dá errado e explode. E sorriu. Beatriz pôde perceber a sobrancelha em leve curva e o olhar que a filha lhe oferecia desde que nascera: superior, extraordinariamente caramelo.

Assumiu, desde então, que seu destino era ser cacto: improvável beleza que hipnotiza, ilha de vida em deserto. Cacto que amou aves de rapina de poderosos voos, grandes garras inúteis na arte de raptá-la do fado de ser quem é. Cacto.

Amor, agora, somente o desse ser de orelhas espertas que dorme tranquilo, apoiado em seus pés. Ama-o desde o minuto em que o adotou — e é amada na mesma medida, ou até mais. Ao cão, conta suas histórias do passado, confidencia tudo o que, na verdade, gostaria de dizer para a filha ou para o neto que não veio... Às vezes, pensa em como Ulisses narraria a longa trajetória de Beatriz, a mulher das tempestades: da gravidez inesperada, do rio de possibilidades que correu para outros rumos, da maternidade afluente. Então, ele contaria sobre a mudança no tempo, sobre como a mulher das tempestades foi-se tornando seca, desértica, cacto.

Ora, como sou dramática!, pensa, rindo de si. O cão a olha de esguelha, espreguiçando, até parece ter farejado tais pensamentos sobre ser narrador de histórias humanas.

Então, de longe, ouve a voz de uma mulher gritando: Andééé, quer levar um pouco de rúculaaa?

André.

Havia muito tempo que não pensava em André — ainda mais assim, carregando leveza, já que pensar nele sempre foi com o peso da culpa. Impossível esquecer as lágrimas — que ele não tentou esconder — pelo término do namoro. "Eu te amo, mas estou grávida de outro. Eu sinto muito, muito mesmo." Doeu nela também, é claro. Muito. Aliás, doeu em André, nela e em todas as pessoas que apostavam naquele relacionamento, chocadas com a capacidade de Beatriz de destruir um amor tão bonito: logo eles, o casal vinte?

Foi como se tivesse traído a confiança de todos, destruído a esperança no amor que mantinham graças a Bia e André, os inseparáveis. Ela compreendia, era realmente difícil acreditar no amor naqueles tempos obscuros, tempos sem amor algum. Claro que entendia a decepção, ela própria se sentia assim, frustrada, amarga. Queria poder gritar-lhes tudo o que acontecera para que estivesse naquele lugar de mulher sem escrúpulos, sem respeito. Geni.

Lá no fundo, esperava que esses amigos, tão defensores da liberdade, acolhessem um pouco sua dor, quem sabe não defendessem o direito dela de experimentar, de tentar, de errar? Mas não, nunca: distanciaram-se como se a barriga fosse muro intransponível entre os estudantes sonhadores e a mulher grávida.

De todos, foi sua mãe quem mais chorou, pois botava fé que a única filha se casaria com o estudante de Direito, rapaz bom de garfo e excelente coração. "Morrerei em paz por saber que você está em boas mãos, André é o genro com que sempre sonhei", dizia, como em reza. Por isso, quando soube o que acontecera, chorou feito enxurrada, perdida na ideia de como seria criar uma criança daquele jeito, muito sem planejamento. Mas, passadas semanas, foi quem sossegou as aflições de Beatriz, abraçando com afeição a ideia de ser avó. Pena que aproveitou tão pouco, morrendo quatro meses após o nascimento da única neta.

— • —

Às vezes, pensa: é possível que houvesse outro caminho para Beatriz, a jovenzinha e ambiciosa atriz? Como seria se não tivesse deixado aquela potência de vida crescer dentro de si, protegida pela placenta? Aonde iria se não sentisse tanto amor pela vida de outra pessoa, se não tivesse se preenchido de outro futuro? Não sabe, não é possível saber. Toda a força de que se sente capaz hoje, de certa maneira, veio disto: de ser responsável por deixar crescer — por fazer ser maior — outro ser humano.

Mas será mesmo?

Ah, sim, sim... afinal, ela também se gerou naquela placenta. Renasceu naquele dia chuvoso, deu à luz outra Beatriz, a mulher que sempre esteve presente para sua menininha, para abraçá-la com firmeza quando tinha pesadelos, para levá-la à escola, para aplaudir seus feitos. Desdobrou-se em quantas pôde, recuperando dentro de si ancestrais conhecimentos: cantigas, receitas, carinhos. Também teve de aprender como era ser Beatriz-mãe, mãe de outra fêmea no mundo — assim como tinham sido a mãe, a avó, a bisavó. *Matrioskas* de carne e osso.

O mendigo ainda está dormindo. *Parece que nem se mexeu, tá do mesmo jeitinho...* Arrepia-se de imaginar a possibilidade de estar morto: ou já é morto enquanto vive sem direito algum?

— Voltei, Tião! — diz, fechando o portão e as perguntas atrás de si.

— Boa tarde, dona Beatriz, fez boas compras?

— Ah, sim, hoje a feira estava melhor que na semana passada, com verduras mais bonitas, frutas menos verdes, tudo fresquinho. Aqui está, o pastel de carne do jeito que você gosta.

Tião põe-se animado, contando o mais novo boato em torno da construção que leva meses, a alguns quarteirões dali.

— Tá sabendo que vão é montar um supermercado ali, dona Beatriz? Dona Josefina é que disse agora pouco, tava satisfeita, mercado aqui do lado é uma mão na roda, né?

— Com certeza, mercado perto de casa facilita a vida, além de ser um passatempo pra gente. Sempre bom dar uma voltinha, ver o preço das coisas, encontrar conhecidos... faz bem. Tião, você não repare, mas hoje vou subir antes de você comer, estou morta! O sol tá forte!

— Sobe lá e descansa, dona Beatriz, que tá um calor bravo mesmo.

Busca o molho de chaves que está na bolsinha, e o barulho metálico ecoa no corredor vazio. É bom chegar em casa, mas certa angústia atravessa o peito de Beatriz sempre que volta da feira. Um pouco pelo cansaço antecipado por causa da semana vindoura, também pela sensação de não dar conta de tudo; é nessa hora que os compromissos futuros começam a povoar seus pensamentos e a ansiedade fala alto. Suspira, enquanto Ulisses corre para se deitar no sofá.

— Está cansado, querido? Vou ali tomar uma chuveirada e já volto. Ok? Fique bonzinho aí.

A água fria escorre pelo corpo. Adora a sensação da baixa temperatura arrepiando a pele, é como nadar em cachoeira. Há quanto tempo não faz isso, a última vez de que se lembra foi anos atrás, quando Gustavo ainda era vivo.

Naquelas férias, Angelina, Gustavo e ela desistiram de ir à praia e zarparam para o interior de Minas Gerais, aceitando o convite do então namorado de Gustavo, um rapaz de ar bucólico e corpo magro. *Como ele se chamava mesmo?* Era bem mais novo, estudante universitário, e dirigia um jipe velho, que estacionava pontualmente em frente à pousada para levá-los a passeios pela serra da Canastra, região à qual tinha tanto orgulho de pertencer. Ele conhecia todas as cachoeiras, nomeava cada árvore, falava de frutos, de flores e de pássaros com propriedade.

Na época, Gustavo — sempre tão urbano — passou a se interessar por plantas e animais silvestres, numa conexão entusiasmada com a natureza, como se o amor pela biologia fosse transmitido por saliva. Mas Gustavo era assim: mergulhava fundo em tudo o que vivia, a vida era um pulo de precipícios, um apaixonar-se pelo próprio voo.

Francisco! Sim, o rapaz tinha o nome do rio, rio poderoso, *como poderia ter esquecido?* Gustavo falava repetidamente: "Francisco é uma correnteza".

E, como qualquer correnteza, foi embora arrastando escombros de Gustavo, de história. Após um término turbulento, o amigo passou semanas choroso, carente do moço de sotaque gostoso ao pé do ouvido. Mas, bem, sempre havia depois, e, depois que passava a dor, Beatriz confessava achar bonito esse jeito intenso, de se entregar tanto, de amar tanto... Tão diferente dela.

Depois de André, nunca mais sonhou com casamento, vida íntima compartilhada, muito menos agora; não pode imaginar como seria ter um homem em casa todo dia, menos espaço para suas coisas, para si, *mas até que não seria ruim ter alguém de vez em quando...* Sente falta de uma barba roçando a pele do rosto, do peito, da barriga, assim como Raimundo fazia, cheio de vontade, esfregando-se todo, por seu corpo todo. Excita-se. A água gelada descendo e as lembranças antigas subindo-lhe mornas, quentes.

Então, atua: é, agora, mulher sem tantos pudores, uma Beatriz mais livre.

Ato um: noite de domingo. Está em casa, decidida a matar a solidão. Passa o perfume nas áreas mais quentes do corpo, tem os cabelos molhados e soltos, veste uma lingerie de renda preta. Isso. Depois, um vestido de tecido leve, batom vermelho e máscara nos cílios. Pronta, segue para o elevador, aperta o botão 12.

Ato dois: toca a campainha, a porta se abre, José a encara sorvendo todo o encanto de Beatriz para dentro de seus olhos, para dentro de seu corpo masculino. Devagar, passa as mãos em seu rosto, no cabelo úmido e a beija sem dizer palavra. Os dois rodopiam para dentro, os corpos procuram pela parede, o beijo tem gosto de pimenta, o batom nos lábios de José, em suas orelhas. Envolve o quadril dele com sua perna, presos no calor de querer demais, então ele a levanta levemente. Estão no *hall* do apartamento quase vazio, e ali mesmo começam a se despir como se pudessem não somente invadir o corpo um do outro, mas também entrar em seus espíritos de maneira funda, tão profunda que se entendem a ponto de não precisarem nunca, jamais, explicar-se.

Tudo seria assim: fácil e quente. Os dois corpos dançantes, as bocas em explosão. Depois desse dia, manteriam a vida privada de casal que se prova, que se experimenta: trocando olhares famintos no elevador, certos de que seriam, profanamente, um do outro nas noites de sábado e aos domingos, domingos inteiros.

Ato final: permite que José a ame, que adentre sua casa, sua rotina; quando ele se deita com os sapatos no sofá, ela pede: tire os sapatos, José. Mas tal ordem faz com que esse homem que a quer tanto, mas tanto, arranque não só os sapatos como também a roupa toda, num ímpeto juvenil, e, de repente, estão se amando ali mesmo, diante do quadro, dos livros. Urgentes em matar anos de abandono.

Quem dera, seria bom, pensa, fechando o chuveiro, enxugando-se.

No fundo, mesmo que seja difícil admitir, deseja ser amada para que, assim, a filha conheça sua capacidade de se arriscar, de se entregar. Então, quem sabe, poderia desabar a verdade em Amanda, dizer tudo em um único fôlego:

Oi, filha, sou eu, sua mãe. Aquela que te pariu no dia de chuva, eu sei, você já sabe essa história de cor. Quantas vezes serei capaz de repetir isso, não é? Só queria dizer que estou muito bem, ando feliz demais, minha filha, sua mãe agora tem namorado. O nome dele é José, um homem que me quer e que eu quero, então nunca mais vou me deixar ser sozinha e seca, serei mais do que um cacto no deserto, Amanda.

Você me ama, filha? Porque eu te amo incondicionalmente, desde que seu pai esteve dentro de mim, prometendo que eu seria a protagonista — da peça, da minha vida —, prometendo que o sexo era liberdade. Ele dizia, com aqueles olhos felinos, venha, Beatriz, você é a melhor de todas, você é uma estrela! Venha, vire-se, de quatro.

Eu queria, Amanda. Achava que queria. Pensei que estivesse apaixonada, mas só senti asco... de mim, dele, da minha ilusão. Mas ali estava eu, esperando que aqueles poucos minutos de nojo e gozo terminassem para sair correndo, para fingir que nada tinha realmente acontecido. Porém, desde então e para sempre, Carlos e eu seríamos seu pai e sua mãe.

Foram minutos, mas a eternidade.

Chorei, Amanda. Talvez — eu pensei nisso enquanto você mamava pela primeira vez —, talvez chovesse tanto no dia em que você nasceu porque, logo que te fiz, chorei.

Não sei se você poderá me entender algum dia, mas queria que soubesse... Eu sonhava com aplausos, holofotes, sucesso. Queria ser livre, quero ser livre!

E aqueles tempos eram tão duros, Amanda, por todos os lados havia medo, desconfiança. Estávamos tão calados. Todo mundo vivia com esperança de quebrar o silêncio, sonhávamos com a liberdade, queríamos mudar o mundo com o teatro, enfrentávamos a censura com arte. Era uma esperança teimosa, Amanda, de que fôssemos grandes, gigantes de boca aberta. Mas o mundo, Amanda? O Brasil? Eu só queria ser a protagonista, queria ser mulher, atriz, a cara da coragem, personagem sem medo em 1976.

Filha, eu tinha vinte e poucos anos. Então, o diretor experiente nessa coisa de seduzir, com jeito desbocado, trejeitos de intelectual, óculos redondos... Sei que não sou ingênua, Amanda, nunca fui. Via como ele me olhava, como olhava para todas nós. Eu pensava que quisesse mais daquele homem. Mais dele e de mim, porque eu queria mostrar que podia. Tinha essa sede de provar ao mundo que nós, mulheres, podemos sonhar alto. Não queria aceitar as coisas como eram, não podia me conformar. Não com aquela realidade, não com aquela falta de liberdade que sentia dentro e fora de mim. Você me entende, Amanda?

Quem dera poder te contar uma história mais bonita, filha. Mas a verdade é esta: permaneci no teatro naquela noite, após os ensaios, sozinha com o homem que se tornaria seu pai. No palco, atrás de mim, ele me agarrava, ofegante, eu sentia seu corpo suado, sua umidade dentro de mim, o cheiro de mofo no tecido da coxia, o breu nos bancos da plateia. E, assim, era uma mulher grávida, abandonada à própria sorte; afinal, quem era Beatriz Rodrigues perto do grande diretor?

O máximo que ele poderia fazer era, como me disse, pagar para que tirassem aquela vida de mim.

Então, quis ser tudo para você, a história toda. Por isso as incansáveis aulas de literatura e português em colégio bom, para que você tivesse bolsa, para que fosse guiada. Minha doutora. Você está em mim, filha, na minha carne, portanto meu corpo merece ser amado, Amanda. Sou vida, e de mim a vida brotou. Por isso, deixo agora que José me umedeça. Cansei de ser cacto, filha.

— • —

Mais de quarenta anos depois, a violência do passado continua ardendo em Beatriz. Foi como se, com palavras, Carlos tivesse dado um soco em seu ventre, em uma tentativa de arrancar a filha dali. Por semanas, foi perturbada por pesadelos desesperadores em que corria, fugindo dele, mas as pernas ficavam cada vez mais lentas e pesadas, até que Carlos a derrubava no chão, e ela acordava ensopada de suor.

Na vida real, não precisou correr. Apenas deu as costas à vida que levava, a Carlos, ao abandono, à irresponsabilidade, decidida a esconder detalhes dessa história à filha, que cresceu acreditando que os pais haviam se conhecido em um festival, que Carlos estaria em algum lugar desconhecido pela mãe. Ao longo dos anos, Beatriz foi deixando escapar uma ou outra informação extra, mas nunca ultrapassava o limite da própria dor.

— • —

Beatriz corre para a sala para atender ao telefone, enquanto veste um camisetão velho.

— Alô?

— Bia, finalmente você atendeu! Já estava preocupada.

— Oi, Angel, estava no banho. Nem acredito que você ligou, estamos sintonizadas. Pensei em você várias vezes hoje, que saudade.

— Também estou, Bia, mas essa correria do musical, quase não consigo falar com ninguém. Está me enlouquecendo. Precisamos marcar um almoço, um café, quem sabe em um dia da semana?

— Seria ótimo, saio do colégio e te encontro onde for melhor pra você. Mas me diga, como tem passado, como está a dor nas costas?

— Ah, melhor. Mas tive de me entupir de remédios, né? O médico veio com a ladainha de perder peso, fazer exercício físico, blá-blá-blá. Ai, Bia, sabe? Às vezes, me canso de obviedades. Eu me exercito, me alimento bem. Sou atriz de um musical aos sessenta e nove anos. Dou aulas, sou ativa! Mas... não foi para falar disso que liguei, querida, foi para contar que encontrei Amanda ontem! Acredita que ela foi ver a peça?

— Amanda?

— Pois é! Amanda assistiu ao musical da tia hippie! — interrompe, rindo da lembrança. — E sei disso porque foi ao camarim depois. Fiquei tão surpresa! Fazia tanto tempo que não a encontrava. Está tão bonita, hein? Mas não sei, Bia, achei a menina um pouco triste.

— Triste? Ué, por que será? Da última vez que me ligou, não soou diferente...

Angelina faz uma pausa, suspira.

— Sabe, Bia, ontem aconselhei Amanda a te procurar com mais frequência, tentar mudar o rumo das coisas, porque a vida é um sopro. Tanto orgulho por quê? Se vocês se amam, se são parecidas de tantas maneiras: teimosas, corajosas, donas de si. Se pode contar com uma mãe tão dedicada...

— Você nunca perde as esperanças, né? Aliás, pensei tanto em Gustavo hoje... Certa vez, ele me disse que a verdade é como a âncora de um barco. Sei lá, às vezes me pego pensando nisso, em tanta omissão, mentira... Ando bem cansada e sei que será impossível morrer sem contar toda a história para Amanda, devo isso a ela. Mesmo que já saiba quem foi Carlos.

Angel dá outro suspiro.

— É, querida, sejamos racionais: é improvável que Amanda não saiba. Ainda mais agora, as pessoas digitam as coisas na internet e encontram tudo tão rápido, tão fácil. Mas, mesmo que ela saiba, precisa ouvir a verdade da sua boca, Bia.

— Sim, eu sei. Quantas vezes já tivemos essa conversa? Inúmeras, concordo com você.

— Amanda já tem quarenta e três anos, pode aguentar a verdade sem filtros. É triste admitir, mas o ser humano preenche-se de ocos quando lhe falta conteúdo. Dê isso a ela, querida. Aliás, dê isso a você também. Será um alívio, tenho certeza.

Pensa no antigo segredo de Angelina. De certa maneira, a dor de sua história repercute na amiga, na espécie de espelho do "e se" que a vida de uma se tornou para a outra. E se fosse a filha dela? Filha de Angelina e Carlos, homem com que se deitara anos antes de Beatriz.

Segundo Gustavo, Angel foi apaixonada por ele, acreditava nas promessas de que deixaria a esposa e, assim, poderiam ser felizes sem outros compromissos. Pouco a pouco, consumida pelos fatos, mas ainda envolvida na ilusão da reciprocidade, foi se fazendo miúda, sem luz. O corpo definhava junto da esperança de ter Carlos para si; entregava-se por vício, em uma paixão absoluta, desejava fundir-se no corpo daquele homem, quem sabe — quem sabe, dizia a Gustavo, não tenho um filho dele e tudo muda?

Não teve o filho, nada mudou. Então, de um dia para o outro, decidiu acabar com tudo, chegou ao ensaio perfumada, com o corpo altivo, finalmente convencida de que, na verdade, Carlos jamais seria de alguém. Nem dela, nem da esposa, nem de mulher alguma. Pôs fim à relação e nunca mais quis tocar no assunto.

Por isso, ser mãe de uma filha de Carlos Duarte é história de Beatriz, mas que poderia ser de Angelina. E, quem sabe, de outras mulheres.

— ... como se eu tivesse idade para ouvir uma coisa dessas, Bia! Vê se pode? Nossa, o tempo voou, preciso desligar, vou começar a me aquecer aqui. Quando quiser voltar à peça, me avise que consigo um ingresso, ok? Agora, só para encerrar, não se esqueça de ligar pra Amanda, tá? Eu insisto!

— Pode deixar, Angel, vou falar com ela, prometo! Obrigada por ligar, é sempre bom ter notícias suas. Depois combinamos nosso café, hein? E, claro, merda para você!

— Merda! Combinamos, sim, mando uma mensagem depois. Um beijo, querida.

Beatriz sente um pouco de azia, pela mistura do pastel com o medo de soltar verdades, provavelmente. O celular chama até cair na caixa postal. Claro, não poderia se esquecer de quem se tratava: é sempre difícil que Amanda atenda na primeira vez. Desliga e faz mais uma tentativa, também frustrada.

Frustração, mas há certo alívio por ganhar mais tempo sem precisar cutucar feridas tão purulentas. Mas não, não pode, não quer mais seguir arrastando o passado. "Filha, acabo de conversar com Angelina. Ela me disse que te encontrou ontem. Que coisa boa! Podemos conversar? Espero seu retorno. Beijos." Digita. Na tela, a miniatura da foto de Amanda a encara.

— • —

É possível resgatar uma identidade surrupiada? Deveria contar à filha coisas como: você tem a testa de seu pai, a boca. O olhar? Que, às vezes, quando Amanda gesticula ao falar, Beatriz é arremessada aos ensaios de teatro, ao jeito de Carlos envolver a todos de maneira apaixonada em tudo o que dizia? Ah, sim, também vem dele o jeito de andar, a postura tão impositiva. *Há tanto de Carlos em Amanda.*

Deveria dizer, por exemplo, que soube exatamente quando anunciou que largaria a carreira artística para se dedicar aos negócios da família, nos anos 1980, mesma época em que Amanda começava a amizade com Tatá, sua primeira amiga imaginária? Sim, também soube da morte por infarto, em meados de 1990, "fulminante!", conforme descreveu Angel. Deveria contar que, ao ouvir a notícia, apenas conseguiu pensar que, afinal, Carlos era rápido em tudo: envolver, amar, trepar, expelir meninas grávidas de sua vida, morrer? Por fim, deveria tecer o comentário irônico de que morrera justamente do coração o homem cuja filha rejeitada se tornaria, futuramente, uma das cardiologistas mais respeitadas do país?

O celular vibra, seu peito acende, a sensação é de que o passado a atropela, saindo em disparada casa adentro, como um cavalo assustado. Ali está ele: cavalga, cavalga.

Amanda se desculpa por não ter atendido, está saindo da padaria, acordou tarde pois encontrou-se com amigos depois do teatro — e, sim, é verdade, foi assistir ao tão falado musical de Angelina. Não está muito longe, chegará em vinte minutos, assim poderão conversar. Também quer conversar.

Desliga o celular, notando que a agitação de instantes atrás se transforma em tranquilidade, enquanto seus olhos miram o farol do quadro na parede – plácida figura, indiferente aos movimentos perturbadores dos pássaros no céu, das ondas no oceano. Ela e o farol.

— • —

Dirige-se à porta e, por instinto, olha para trás em busca do cavalo descontrolado que deixara escapar do peito minutos antes. Ouve as portas do elevador se abrindo, então mira por segundos aqueles olhos selvagens.

— Oi, filha. Entre.

Amanda dá um beijo no rosto de Beatriz e vai em direção ao sofá, enxugando a palma das mãos na calça jeans. *Está ansiosa.*

— Aceita um café? Estou terminando de passar.

— Sim, pode ser...

Ulisses aproxima-se, cheira Amanda e esfrega a cabeça em suas pernas. Ela esboça um sorriso, mas não leva o carinho muito adiante. Olha para a mãe de maneira esquiva. *É mais difícil para ela do que para mim.*

— Fico tão feliz de te ver, fazia tanto tempo que você não vinha aqui.

— Nem aqui, nem em lugar algum. Pra variar, praticamente tenho vivido dentro do hospital... falando nisso, estou pensando em aceitar uma vaga em outro lugar, mãe.

— Mesmo? Por quê? Para mim, seu grande sonho sempre foi trabalhar onde está agora.

— Era. Mas nem sempre é possível perseguir sonhos, acho que você sabe disso, né?

Diz em tom seco. Beatriz já esperava que, em algum momento, palavras ríspidas aparecessem nos travessões.

— Me desculpe, mãe, não quero brigar. É difícil para mim falar sobre sentimentos. É que tem esse... homem, essa história, e detesto que alguém me tire do eixo.

Isso é novidade. Desde que tinha doze anos, quando se encantou pelo coleguinha, *como se chamava mesmo? Iago? Ícaro?*, Amanda não lhe confidenciara mais nada sobre sentimentos amorosos.

— Não era para ser assim, o que tivemos foi... não foi nada.

— E quem é ele?

— A gente se conheceu na festa de fim de ano do hospital, ano passado. Eu estava na mesa com uns colegas da cirurgia, ele chegou para cumprimentar a doutora Márcia, amiga nossa em comum, que acabou nos apresentando. Conversamos bastante, fazia tempo que não me divertia tanto... sei lá, eu tava saindo com um urologista muito chato naquela época, e Henrique me pareceu o oposto disso. Antes de ir embora, ele veio se despedir, passou seu número, foi simpático.

Beatriz sente o bafo do cavalo próximo de seu rosto. *É o calor da verdade se aproximando,* suspeita de que a conversa se encaminha para algo maior do que imagina.

Amanda a olha obliquamente, tentando perceber como recebe a história. *Está tão envelhecida,* pensa, hesitando em continuar. Mas toma fôlego e conta como os dois acabaram trocando mensagens, combinando um bar certa noite — que terminou em sexo casual, nada muito empolgante. Porém, semanas depois do encontro, esbarrou com uma foto nas redes sociais de Henrique que acabou gerando toda a crise.

— Ironias da vida, sabe? Imagine a minha surpresa quando vi que a pessoa que havia marcado Henrique na foto se chamava Carlos Duarte Neto.

Carlos Duarte. Neto. Eco. O relincho do cavalo atravessa-lhe o peito, um espanto selvagem nasce em seu corpo. Então era isso. Seu passado trotando, arrombando seus pensamentos: veloz, reluzente, potência de animal cujas rédeas estão nas mãos de um fantasma: Carlos.

Carlos. Carlos. Carlos.

— Ao lado de Henrique estava a mulher dele: Sofia Duarte. Agora você entende por que estou contando tudo isso, mãe?

Tentei esquecer essa história, mas essa foto não sai da minha cabeça.

Os sorrisos, os rostos que imaginou por toda a vida, a família que Amanda desejou por tantos anos: ali, na tela do celular, à sua frente, naquela imagem que representava o mais próximo que chegara de suas raízes paternas... mas, de repente, olhando-os, não se enxergou. Assim, entendeu que não precisava daquelas pessoas.

— Quando consegui encontrar meu pai, já estava morto havia muitos anos. Não pude falar com ele, saber o que pensava... Nunca poderei entender por que me negou o mínimo, me negou até o nome. Por que você mentiu pra mim por tanto tempo, mãe?

— Queria te poupar, Amanda.

— Me poupar? Quando era criança, ok. Mas depois? Você percebe que só fez isso para se proteger? Tudo o que eu queria era a verdade, passei a vida inteira tentando te provar que era forte, madura, inteligente. Queria que você confiasse em mim, me dissesse o que aconteceu!

— Eu sei que omiti, que menti, sua raiva é legítima. Me arrependo porque essa história é sua também, não tinha o direito de negá-la a você. Mas não conseguia, o tempo foi passando... Tudo isso mexe com dores muito profundas.

— "Isso" é minha vida, minha história, dói em mim também. Você pode até achar que não, mas via a raiva nos seus olhos. Às vezes, chorava pensando no quanto você me odiava.

Os trovões.

— Sinceramente, Amanda, senti mesmo muita raiva. Rancor. Sentimentos passageiros, de que não me orgulho. Mas, às vezes, era inevitável. Olhava pra você e enxergava um passado, um caminho de que abri mão...

— Também te odiei. Muitas vezes.

Beatriz treme, o corpo se encolhe, abraçando-se. A garganta seca, as lágrimas se misturam à sensação de choque: havia imaginado tantas palavras possíveis, tantas formas para essa conversa sincera, definitiva. Mas tudo é caos, agora estão ali, ambas ancoradas no porto da verdade desse domingo quente. *E nem sequer consigo abrir a boca...*

— Mãe, não chora, vai. Não vim aqui para brigar, mas para dizer que a mudança do hospital é só um passo, que estou decidida a recomeçar. Sim, senti raiva, me revoltei... mas sempre soube que você passou por muita coisa para me criar. Também tenho consciência de que a afastei da minha vida e não quero mais isso... você é a única pessoa que tenho nesse mundo, mãe. Não adianta a gente ficar martelando coisas que não vão se resolver, é passado. Além do mais, eu sei que foi Carlos quem se recusou a me dar tudo de que senti falta, não você.

O amor é um grande laço, um passo pra uma armadilha, um lobo correndo em círculo pra alimentar a matilha, comparo sua chegada com a fuga de uma ilha, tanto engorda quanto mata, feito desgosto de filha, pensa na letra da música, uma de suas prediletas, acalmando-se.

— Sinto muito que as coisas tenham sido tão difíceis pra você, mãe.

Desde o começo, desde antes do começo.

A voz de sua Amanda é como o refúgio de uma desafogada. Enxuga as lágrimas tomando um gole do café, que já esfriou.

— Queria que você soubesse que tentei falar com Carlos na época, mas ele não quis saber, deixou claro que jamais a reconheceria. Sei que não fiz as melhores escolhas, tenho consciência de que não fui a melhor mãe, mas...

Levanta-se e abraça a filha sem hesitação, apertando seu corpo contra o dela, inspirando o cheiro gostoso de sua pele. *Este é um dos momentos da vida em que falar se torna supérfluo.* Permanecem em pé, os corpos acolhidos, a poeira do silêncio de décadas deitando-se ao chão.

De repente, sente a liberdade fluir por todo o corpo, então vê o cavalo pulando pela janela, alado. Ah, sim, Beatriz reconhece: Amanda acabara de lhe conceder o direito de ser livre, livre como sempre sonhou.

— • —

Vai até a cozinha, despertando o aroma cítrico da fruta predileta, cheiro de paraíso que invade todo o apartamento, percorre o céu da cidade grande, abraça o país, o mundo. Beatriz e o perfume da mexerica nas mãos, os gomos carinhosamente dispostos no prato para a comunhão entre mãe e filha. Libertas.

Em seus olhos não há mais lágrimas, mas, dentro dela, nesse momento, explodem doces gotículas de felicidade. *Enfim chove no deserto*, diz baixinho, como em segredo.

BÁR
BA
RA

Sou rio doce, forte, bravo, rio com força de ser rio. Sou mar, correnteza, maremoto. E é assim que deveria ser, sempre, para sempre. Se não posso, não me sou mais; se tenho de ser conforme o que dá, já não me sou mais.

Sou força de correnteza, de mar, de maremoto, José. Mas não sei onde estou, onde fui parar se não posso mais fazer travessias.

Sou ele, o rio todo, o rio sem vida.

Josééé!

O eco de seu nome faz com que desperte ofegante. Busca inspirar com força, sair do afobamento que o sonho recorrente lhe causa. Senta-se nos lençóis úmidos pelo corpo suado. Ainda pode ouvir o suave canto de sereia chamando por ele no sono, naquelas imagens que se repetem em seu diário do inconsciente. Sonho seu que é memória dela — ou ruínas de tudo de que não ousa se esquecer.

Sonolento, pega a caderneta na cabeceira e anota: *domingo, quinze de setembro, sonhei com você novamente, com as palavras que me escreveu e que nunca mais poderei arrancar de mim. Você sabia, não é? Plantou palavras no seu homem. Ainda te amo como sempre, baixinha. P.S.: O rio da cidade continua sujo e triste. Espero que você esteja alegre onde estiver.*

Fecha o pequeno caderno, a respiração já está mais tranquila. Escrever para Bárbara é o modo que encontrou de estar em paz e, ao mesmo tempo, de mantê-la viva. Descendentes não tiveram — e antepassados são mistério. Onde estarão aqueles cujo sangue correndo nas veias é o mesmo de Bárbara? Não sabe, nem mesmo ela poderia dizer, sua gente veio de outras beiras, ao menos era assim que descrevia a bruma de suas raízes: estariam todos distantes, esquecidos ou ignorantes de sua existência. "Sinto que vim de longe, mas perdi a lembrança desse lugar. Fui renascer aqui, nesta cidade de pedra", refletia com o olhar em busca de estradas não horizontais, caminhos de morrer, nascer e viver. Uma vez e mais outra.

Bárbara dizia que nascera três vezes: em terras distantes que não sabia, nas ruas da metrópole e, enfim, nos olhos de Madeleine, a senhora que mudou seu destino de ser alguém sem memórias, sem sobrenome, sem amor.

Mulher de raízes tão longas quanto um oceano inteiro, foi mãe de Bárbara a partir do momento em que a viu pela primeira vez. Com os anos de convivência e cuidado, Bárbara então cresceu e aprendeu a amar, a ser amada. Foi de Madeleine que herdou os pincéis, a paixão pelas artes plásticas, a predileção pelo abstrato e pelas cores sóbrias. A maior dor de sua vida também conheceu por causa da mãe, quando a perdeu, aos dezoito anos.

Reergueu-se para cumprir a promessa que fizera, partindo em viagem às terras dos pais de Madeleine, sobre os quais ouvira histórias inesgotáveis: foi à Grécia, de Dario, e também à Bélgica, de Eleanor. No fim da jornada, que durou meses entre um país e outro, Bárbara finalmente se sentou à beira do rio Lys, na cidade de Gante, observando a mansidão das águas, sentindo o vento gelado abraçar seu rosto, enquanto seus braços enlaçavam a urna daquela que dera à luz sua terceira vida.

Despediu-se de Madeleine quando o sol já se punha. Enxugou as últimas lágrimas e libertou os restos mortais de quem mais amara na vida, assistindo à dança das cinzas nas águas do rio Lys, berço do amor de Dario e Eleanor, berço da vida e da morte de Madeleine.

— • —

José chegou pontualmente ao local combinado com os outros músicos, carregando o atabaque. Mas, diferentemente do planejado, acabaram tocando a noite toda. Bárbara adorava contar essa história, de como tinham se conhecido, se apaixonado e decidido viver juntos em apenas duas semanas. "Era uma exposição importantíssima para mim. Mas nada me fez sentir mais viva do que o som que vinha de José, a vibração de suas mãos... Era como se ele me tocasse."

Terminado o evento, Bárbara chegou a José e lhe passou o endereço de sua casa, pedindo que fosse vê-la na noite seguinte, que aguardaria ansiosa. No horário marcado, ele chegou ao enorme apartamento, sem nem imaginar que, dali a poucos dias, seria seu lar pelos próximos anos. Viraram a noite em uma mistura de gozo e histórias, ela fazia perguntas com a irreverência que José, a partir de então, saberia ser sua marca registrada. Ele — que nunca foi de falar muito — passou a madrugada remexendo em memórias antigas, ainda dos tempos na Bahia, até que, seguindo o fluxo dos anos, contou um pouco sobre quem era.

Quinze dias depois, nus, na cama de Bárbara, ela soltou aquela ideia de que, bem, eram duas pessoas experientes, que já tinham provado tanto da vida, por isso não deveriam perder mais tempo em preâmbulos. Estava certa de que sentia algo especial por José, queria-o. Que viesse, portanto, de uma vez, viver junto dela. Fosse outra mulher, outra ocasião, ele nem consideraria — que loucura era aquela? Mas, sem necessidade de explicações, sentiu-se também pronto, desejoso de passar o resto de seus dias ao lado de Bárbara.

Claro, muitos amigos avaliaram a decisão como uma inconsequência cega: não pensavam direito, estavam se deixando levar pela paixão, mas aquilo passaria, é óbvio — e aí, José, como você vai fazer quando perceber que fez merda?

Que bom que havia se mudado, arriscado sem medo. Tivesse feito diferente, perderia o pouco tempo que pôde passar ao lado da mulher de sua vida.

Ainda sentado na cama, observa a faixa de sol que atravessa a cortina e alcança o par de chinelos no chão. Quase não há mobílias no quarto, a casa toda tem um aspecto de improviso de que José não consegue se livrar, mesmo passados três anos. Nem armário quis arranjar, deixa as roupas dispostas em uma arara, ao lado da banqueta — na qual Bárbara se sentava para pintar. Na parede, há apenas um dos quadros dela, pintura que José tenta decifrar todos os dias: as pinceladas da tinta azul-marinho em movimento, águas profundas que abraçam rochas incansáveis, mares bárbaros.

Quando Bárbara finalizou esse quadro, perguntou-lhe o que via nele, como sempre fazia. Ele tentava descrever sensações, sentimentos, mas, por não ser muito bom com as palavras, às vezes recorria à música, tocando o som que as pinturas lhe despertavam. Porém... aquela ali? Disse sem muito refletir: era, evidentemente, o retrato do mar durante a noite.

Tão logo respondeu, sentiu Bárbara penetrar em sua pele, os olhos negros questionando por que aquela preguiça de pensar melhor, hein, José Pedro? Ficaram assim por alguns minutos, ele, invadido pela incapacidade de dizer além do óbvio. Pois, pediu ela, saindo do silêncio, que nunca mais olhasse para um quadro apenas com os olhos, porque isso de perceber apenas o que se enxerga é coisa de gente insensível, o que ele não era — e ela jamais aceitaria que fosse. Prometeu-lhe, então, que contemplaria o quadro-esfinge até que pudesse expressar algo para além da escuridão de águas.

Os amantes. Esse é o nome da pintura agora disposta em frente à cama de José.

— • —

Decide se levantar, o relógio marca sete e meia — já se faz tarde para quem, de segunda a sábado, desperta antes do próprio sol. De pé, alonga-se, sentindo os músculos levemente doloridos por causa das aulas de capoeira na véspera. *Estou ficando velho,* constata, passando as mãos nas coxas.

"Amo seu corpo potente, José, o modo como você é, ao mesmo tempo, flexível, ágil, duro e forte. Esse corpo é meu lar."

Já não é tão forte como Bárbara o conhecera, como amara feito animal faminto. Aquele era um homem sem dores, ou muitas dores. Daquele José que ela amou, resistiram a paixão pela música, por ensinar, a energia que deposita na roda de capoeira, a alegria que possui em se lançar no jogo, para a frente, para trás, ao som dos berimbaus e das batidas de corações, de corpos que acompanham gunga, médio, viola. Daquele José, resiste a vibração do peito que bate em toque de angola. É esse o som que permanece, mesmo anos depois, mobilizando-o, movimentando-o.

— • —

Nas manhãs de domingo, como essa de hoje, Bárbara costumava se sentar na varanda do apartamento, em silêncio, como se conversasse com o tempo. Tinha esse dom de registrar o mundo em seus diferentes tons, temperaturas, imaginar a essência das coisas — não só das pessoas. Os dias nublados eram seus prediletos, justamente porque carregam uma beleza extraordinária, uma alegria difícil de alcançar. Assim também dizia dos domingos — tão entediantes, tão insuportavelmente lindos.

Só mesmo Bárbara para ver beleza no intolerável.

Sente ainda mais falta da mulher nesse dia da semana, da leveza que Bárbara sustentava diante da melancolia dominical. Nunca foi de ficar na cama até tarde, mas, aos domingos, deixava-se estar enrolado ao corpo dela, ouvindo os gemidos de preguiça da mulher, que pedia para continuarem ali só mais um pouquinho, só mais uns minutinhos... Ficava até que ela dormisse novamente, sentindo seu calor, até que seu corpo pedisse movimento; então, saía para correr no parque próximo de casa e comprava, na volta, pães quentinhos.

Chegava, preparava ovos, café e salada de frutas, e só então arrancava-a da cama, vamos, meu amor, fiz café para nós, sussurrava, levantando-a e colocando-a sobre os ombros, coisa que sempre a fazia rir: era um ensaio de voo, os pés tão longe do chão... Enfim, sentavam-se à mesa, sem pressa de viver grandezas: ela com a caneca nas mãos e os olhos a absorver o mundo, ele a aprendê-la.

A paisagem nesse apartamento é muito diferente: ali, não há varanda, apenas uma janela por onde entra o barulho furioso dos dias da semana, moldura um pouco mais silenciosa aos domingos. José abre o vidro para arejar a sala e pega o atabaque, batucando com leveza: tá tá tum tá tum tum tá tum tum tá tum tum tum.

As batidas do instrumento saem de seu corpo, mas também o invadem — de dentro para fora, de fora para dentro, é assim que a música percorre sua história e seu sangue. Ainda pode sentir as mãos de painho sobre as suas, ensinando-lhe o toque de angola, tá tá tum tá tum tum, e ver a alegria de mainha ao lado, acompanhando-os no afoxé, enquanto os irmãos, com pandeiros e voz, completavam a harmonia.

"A melodia entrou em seus corações antes mesmo que a palavra", era assim que Jurema relembrava com orgulho a capacidade de seus filhos de alegrar o mundo com o som — por herança, provavelmente, porque a família, desde que se tinha notícias, sempre foi musical.

Há décadas, deixou os pais, os irmãos e a Bahia, buscando viver daquilo de que mais gosta, ensinando capoeira a crianças e jovens, esparramando o conhecimento que ele, por sua vez, recebera dos ancestrais. Tão longe de casa, a música é seu modo de se enraizar, de encontrar a força que vem de sua terra, dos seus: assim, tocar atabaque e berimbau na capoeira e pandeiro na roda dos amigos é seu modo de honrar a alegria de sua família e a beleza de sua memória. Não há um só aluno de José Pedro que não tenha ouvido a história que seu painho lhe contou, quando ainda era bem moleque: de que o tambor criou a vida e, por isso, não existe nada mais importante que tocar com amor. "Músico e música devem ser uma coisa só, para que aqueles que ouvem nosso som possam unir-se na vibração, tornando-nos um só corpo. Tocar e ouvir música é reconhecer a vida, a beleza de viver", repete a filosofia de painho a seus aprendizes.

Tá tá tum tá tum tum tá tum tum tá tum tum tum, José batuca com deleite, como se estivesse lá no quintal do velho sobrado em Salvador, nos tempos em que a mãe remexia os quadris, sorrindo largo, mainha e sua graça radiante, o calor e a resistência de seu corpo, a força e a serenidade daquela mulher... Tá tá tum tá tum tum tá tum tum tá tum tum tum.

Ela agora estaria ali, no centro da sala, ao lado de painho — que também dança ao som das batidas que ensinara a José, aos outros filhos, aos sobrinhos, a tantos meninos e meninas que, tão logo o viam pelas ruas, saíam chamando por ele, Mestre Vicente, abraçando seu corpo aparentemente frágil, mas extraordinariamente ágil. Tá tá tum tá tum tum tá tum tum tá tum tum tum.

Entre uma batida e outra, lê a mensagem de texto de Edgar, que já segue para o Amarelinho, pois o sol nasceu forte, e o corpo está ansioso pelo jogo do Timão. O amigo é um violonista competente, professor no mesmo conservatório em que dá aula — indicara José para a vaga, inclusive. Conheceram-se dois anos antes, numa tarde de domingo, em que Eddie apareceu no bar acompanhado do violão, dando início à roda de samba improvisada, com José tocando uma caixinha de fósforos — e, assim, percorreram um repertório antigo, relembrando Cartola, Candeia, Clementina de Jesus, Nelson Cavaquinho, Heitor dos Prazeres e tantos outros.

A partir daí, começaram a amizade e, vez ou outra, repetem o samba no Amarelinho para a alegria dos fregueses e principalmente de seu Quinho, dono do bar e fã de Pixinguinha e Adoniran. Desde que se mudou de casa e de bairro, José fez poucos amigos. Com Eddie, porém, criou intimidade fácil, pois ele, extrovertido, está sempre brincando, divertindo-se com pequenas malícias da vida, mas também é aquele amigo bom ouvinte, que silencia quando necessário — e acerta (quase sempre) o momento de quebrar os males com uma leveza qualquer, geralmente com um refrão dos bons, repetindo o clichê: "Quem canta seus males espanta".

José deixa o instrumento ao lado do sofá, fecha a janela e dirige-se ao banheiro para tomar uma ducha antes de sair, está todo suado — do sonho e do som —, precisa tirar esse melado do corpo, dar uma afastada no calor da manhã. Entra debaixo da água fria, repetindo o ritual dos últimos anos — *está tudo bem, está tudo certo,* a vida flui.

Ainda é difícil, lembra-se de como estava tudo molhado naquele dia: a sola escorregou no chão do quarto, então olhou para baixo, estranhando a água estrangeira ali: de onde vinha tal umidade se não havia goteiras, se nem havia chovido? Chamou por Bárbara uma e duas vezes, mas a falta de resposta também veio úmida, estava tudo tão molhado, que aguaceira era aquela? Foi seguindo em busca da fonte, chegou ao banheiro, as águas chamavam seus olhos para a nascente daquele rio, as paredes suadas, o apartamento chorava, *e eu sou ele, o rio todo, o rio sem vida.*

Depois disso, foi tudo uma sucessão de *flashes*. Não se lembra de ter gritado, mas, quando se deu conta, Bruno e Ronaldo estavam a seu lado, "José, venha, preciso que você venha comigo, o Bruno está chamando a polícia, vamos, vamos". Não ouviu quando os vizinhos arrombaram a porta, não sentiu a força que tiveram de usar para arrancá-lo do banheiro, arrastando-o até a sala.

Das sensações daquele dia, ficou a da umidade que grudava no corpo, que sufocava, que tornava difícil respirar — difícil não, era quase impossível. A realidade escorrendo entre os dedos, as lágrimas percorrendo os cantos do rosto, os pés ensopados, o cheiro do pior dia de sua vida banhando as narinas, enquanto respondia às perguntas ou confirmava dados burocráticos: José Pedro Fernandes, cinquenta e três anos, chegou ao apartamento por volta das dezoito horas e trinta minutos, encontrou a vítima... — envolvido pelo abraço de Ronaldo, balançava a cabeça, dizia quase tudo no automático, tentando entender, tentando estancar o oceano que escoava de dentro de si.

Dá um longo grito embaixo do chuveiro, fecha a torneira e seca o corpo rapidamente. Que saia logo de casa para acabar com essa correnteza de memórias, no bar poderá distrair a cabeça, ouvir os bons causos de seu Quinho, sempre com uma história na ponta da língua e uma anedota na enorme sacola atrás do balcão. Ali, guarda cartões, mensagens, poemas, piadas, contos de amigos, de clientes, partículas de vidas reunidas ao longo de tantas décadas.

Que saia de casa para respirar o ar do domingo — ainda que melancólico, o melhor dia da semana.

— • —

José estende os abadás no varal e corre para chamar o elevador. Para no décimo andar.

— Como vai, José? Bom dia.

— Bom dia, Beatriz. Indo para a feira, é?

— Claro, não perdemos um domingo, não é, Ulisses? Faz muito calor nesta cidade, ficar em casa é que não tem jeito.

— Não mesmo, é bem verdade.

— E você? Vai ao bar?

— Sim, encontrar os amigos. Pelo menos assim o domingo passa rápido.

O sorriso da vizinha lhe traz uma sensação familiar. É uma mulher de beleza triste, meio escondida. Por causa das conversas sem fim de Tião, o porteiro falador, José às vezes busca nela qualquer sinal de predisposição para um envolvimento, mas tudo o que vê é uma acolhida gentil.

Térreo. Conhece esse olhar lançado pelo porteiro, um misto de malícia e esperança no amor. *Oxe, esse daí encucou nessa ideia...*

Despede-se de Beatriz e Tião, sentindo imediatamente a pele esquentar pelo sol da manhã de primavera, sensação gostosa misturada ao odor de urina da calçada. De longe, enxerga o corpanzil de Edgar, que gesticula animadamente para seu Quinho, de pé, na calçada.

Na mesa ao lado está Rodolfo, aposentado e alcóolatra, homem de poucas palavras, um dos poucos que não interagem com os demais frequentadores do Amarelinho. Não vê, mas certamente lá dentro estarão seu Chico e Marquinho do Bilhar, ambos tomando café preto e forte, se preparando para as longas horas de sinuca.

— Olha só quem vem chegando, o grande José Pedro Fernandes!

Seu Quinho adora anunciar a chegada de cada cliente, jeito seu de demonstrar afeto.

— Chega mais, Zé Pedro, que já tava começando a contar da noite de ontem pro seu Quinho.

— Tá contente, rei! Tem boa notícia, é?

— Boa demais, Zé!

O sorriso solto de Edgar tem nome: Daiane, a filha que não encontrava havia anos. O casamento em que tocou na noite anterior era de uma amiga dela, o que acabou possibilitando o encontro e uma conversa rápida — e, ainda assim, rara. Desde o divórcio conturbado e cheio de mágoas pelas traições deslavadas da parte dele, foi perdendo a conexão com a filha, ressentida por suas dores e as da mãe. Embora não goste de admitir, Eddie sabe ter sido responsável pelo afastamento de Daiane, pois não insistiu para que Carla e ele dividissem a guarda, nem lutou para mudar o rumo que a relação com a filha tomava. Arrependeu-se — tarde demais.

Assim, manteve-se ligado a Daiane apenas pela pensão que enviava todo mês, até que ela completou dezoito anos e nem mesmo a dependência financeira permaneceu. Por orgulho, mandou um recado ao pai: que ficasse livre da obrigação porque ela pagaria a faculdade com o dinheiro do estágio e a ajuda da mãe.

Edgar nunca se perdoou — não pelas traições a Carla ou por condenar seu casamento ao fracasso, mas pela falta que sentia de Daiane, da vida que não tiveram. Vez ou outra, conseguia notícias da filha por meio da ex-mulher, com quem trocava algumas palavras, passada a mágoa, "graças ao perdão que o Senhor depositou em meu peito", explicava, convertida. Desde a separação, Carla começara a frequentar a igreja neopentecostal, onde encontrou não só a expiação para Edgar, mas também o atual marido, pastor havia anos, que acabou criando Daiane como filha.

José sente um alívio tremendo em ver o amigo contente, a vida não vem sendo macia para ele nos últimos anos. Além do relacionamento distante com Daiane, enfrenta problemas financeiros recorrentes, principalmente depois do calote que tomou dos ex-sócios na escola de música. Desde então, vive fazendo empréstimos, pegando bicos, se virando como pode e não pode para sair do vermelho. Meses atrás, quando pensava ter conseguido uma trégua nos sufocos da vida, experimentando certo conforto, tomou o golpe dolorido pelo término do namoro. Sem meias-palavras, Carmen confessou estar envolvida com um baixista bem mais jovem, que conhecera em um show em que Edgar e ele dividiram o palco.

Por semanas inteiras, Eddie era um disco arranhado, repetindo o nome de Carmen pelos cantos e cantando Noel Rosa, choroso. "Nosso amor que eu não esqueço, e que teve o seu começo, numa festa de São João. Morre, hoje, sem foguete, sem retrato, sem bilhete, sem luar e sem violão..."

— ... daí ela prometeu me ligar qualquer dia.

— Daiane vai ligar, Edgar, tô certo que sim.

— Espero que sim, seu Quinho, não vejo a hora!

— • —

— Com titular machucado? Desiste, Edgar, vão tomar de lavada hoje. Lesão grave, esse moleque num volta pro campo até o fim do campeonato, tô te falando...

— Ah, não fala merda, Rabicó!

— E aí, seu Luiz Roberto Mancini, discutindo futebol, já?

— Vou fazer o que se ainda tem corintiano pra defender timinho capenga? Aproveitando, me vê aquele engasga-gato no capricho e uma cerveja, seu Quinho?

O debate teve início assim que Luiz Roberto pisou na calçada do bar. Cliente antigo do Amarelinho, o palmeirense recebeu o apelido de Rabicó por ironia de Eddie, torcedor rival. É um homem com um metro e noventa e peso que se esparrama por todo o seu tamanho. Não importa a época do ano, veste-se de bermuda e camiseta, sempre suando e limpando o rosto e a careca com guardanapos de papel.

Apesar de acompanhar o Bahia, clube do coração por herança de seu painho, José Pedro apenas assiste às discussões inflamadas no Amarelinho, não se arriscando em palpites e muito menos em detalhes técnicos. Sabendo que o papo em torno do joelho do jogador corintiano se desdobraria em outras tantas problemáticas, José deixa-os e entra para cumprimentar outros amigos, tomar uma cerveja.

Chico e Marquinho do Bilhar já começaram a primeira partida do dia. Os dois passam todo o domingo no ritual de esfregar o pequeno giz na sola do taco, enquanto estudam efeitos e calculam a posição exata para melhor acertar a tacadeira e encaçapar as bolas coloridas. José se diverte como espectador e, vez ou outra, arrisca-se na mesa, ousadia que lhe rendeu o apelido de Zé Espirro por parte de Chico, jogador que, entre uma partida e outra, conta histórias que saem acompanhadas da fumaça do cigarro de palha.

Não há quem passe um dia ao lado de Chico sem sorrir. Cresceu junto de seu Quinho, no mesmo bairro da zona leste da cidade. Não bastasse serem inseparáveis na infância e na adolescência, ainda se casaram com as irmãs Florbela e Lindalva — assim, somam mais de setenta anos de amizade. A dinâmica dos dois velhos amigos é admirável: são tão próximos que até repetem alguns cacoetes, falam de jeito semelhante, esparramando sabedorias populares. Mesmo para quem vê apenas com os olhos (como diria Bárbara), apesar das diferenças físicas evidentes, existe uma atmosfera que aproxima seu Quinho e Chico, uma energia que os torna irmanados.

— E aí, Zé Espirro! Vem cá espiar, olha que mesa bonita pro meu lado, hã?

— Ah, fica aí fazendo ver, Chico, mas ainda tenho meu jogo!

— Se tem jogo, num sei. Mas, ó, essa bola evidente aqui...

— Iá! Esse Chico não perde tempo! Quer entrar numa próxima, José?

— Vou não, Marquinho. Vou fazer companhia pro seu Quinho, tomar minha cerveja...

Quinho está almoçando de pé, atrás do balcão, abocanhando com vontade a marmita que Chico lhe trouxe, gesto que Lindalva repete todos os domingos, sem nunca faltar. O tempero da cunhada é tal qual o de Flor, uma delícia.

— Tá servido, Zé Pedro?

— Não se avexe, seu Quinho. Depois vou pedir porção de aipim de Mãe Margarida.

Entre uma garfada e outra, o dono do bar discorre o relatório cotidiano, celebrando o movimento bom que teve a última semana, especialmente pelo retorno bem-vindo da turma do futebol de salão, que há alguns meses não aparecia, mas, ontem, entre brindes e conversas, prometeu marcar presença no Amarelinho todo sábado até o fim do ano — e sabe como é, com calor, a rapaziada bebe mais, né? Assim, graças a Deus e aos clientes, não tem muito do que reclamar, consegue pagar as contas, levar a vidinha que sempre levou...

— O bom é que a gente que é viúvo não precisa de muito pra sobreviver.

Seu Quinho olha de soslaio para José. Conhece o peso de cada uma dessas palavras: permaneceu por anos cercado de dolorosas memórias de sua amada Flor e tem consciência de como o luto pode se prolongar indefinidamente. Tanto é assim que nunca mais se casou, nem mesmo arrumou

DOMINGO | 59

namoro que lhe esquentasse o peito. Só ele sabe quanto a solidão ampliou espaços, esticou o tempo, diminuiu seu corpo até que só tivesse espaço para a falta de Florbela e nada mais. Se a mulher tivesse vivido apenas mais um pouquinho, quem sabe não poderiam ter derramado filhos em suas histórias, ao seu redor? Mas não foi assim que aconteceu, Flor se foi muito jovem, então ele teve de seguir pelas décadas apenas com suas lembranças.

— Olha, Zé Pedro, vou te contar uma história minha que só o Chico sabe.

Limpa os lábios no guardanapo, tomando fôlego para a comunhão de lembrança tão íntima. Tinha seus cinquenta e poucos anos, viúvo havia décadas, quando Elizabeth — antiga conhecida de Flor, mulher muito distinta e conhecida pela alma caridosa, também viúva de muitos anos — bateu em sua porta para uma visita desavisada. Surpreendeu-se, mas a recebeu nos conformes, servindo-lhe um café. Ficaram ali, cada um em um sofá da sala, no silêncio interrompido apenas pelo tique-taque do antigo relógio. Ele, embora curioso para saber o motivo da visita, esperou que Elizabeth desse início à conversa, dizendo o que tinha para lhe dizer.

Quando, enfim, a elegante senhora decidiu quebrar o mistério, lançou a verdade logo de cara: tinha ido vê-lo para saber se, por acaso, não se interessava em arrumar companhia, tentar um namoro.

— Não esqueço, Zé Pedro, ela disse que tava cansada, que não queria passar o resto da vida "solitária como um rinoceronte". Falou desse jeitinho que te falo agora, e eu só pensava: mas que coisa é essa de rinoceronte ser sozinho?

— Oxe, que agonia, seu Quinho. E aí?

— Pff. E aí que você já sabe pra onde essa história toda foi. Veja, que coisa, a mulher era toda classuda, professora de piano, veio até esse velho aqui, gerente de bar, pra pedir namoro. Fui muito é bobo, deixei escapar... Entende o que digo?

— Que devo aceitar ser companheiro da primeira mulher que bater na minha porta oferecendo namoro?

— É, por aí.

— Oxe, só me falta a mulher, seu Quinho.

— Que nada! Deve ter é muita mulher querendo amor do melhor mestre de capoeira desse Brasil.

— Tem nada! E mesmo se tivesse, seu Quinho, depois de tudo, acho que não sei mais fazer mulher feliz.

— Como que homem bom não sabe alegrar mulher, Zé Pedro? Peraí, vou procurar um escrito bonito de um cliente muito dos inteligentes... Esse papo tá me lembrando dele.

— E aí, o que tanto tagarelam?

— Tô falando pro José que ele ainda tem muito tempo pela frente, que podia arrumar namorada pra alegrar um pouco...

— Ixi! Desiste, seu Quinho, já cansei de falar isso pra esse pau mole. Sabe o que é pior? Que o Zé Pedro finge não notar a mulherada dando sopa.

— Pronto! Lá vem.

— Tô mentindo? Seu Quinho, esse homem podia tá pra baixo e pra cima com a Clara, professora de guitarra lá do conservatório, um mulherão de encher os olhos... Olha, dá até raiva, porque se fosse eu, traçava, lambia os beiços, num deixava passar, não. Mas, como cantava Bezerra, "se Deus desse asa a cobra"...

— Oxe, Edgar, pare de aperrear!

— Ah, Zé, você é besta demais, não tem coisa melhor que uma boa mulher pra esfriar a cabeça...

— Achei! Aqui, ó, poema de Alfredo Antunes, em agosto de 2015, presta atenção, Zé Pedro:

"Escute bem, meu amigo,
o que ouso lhe falar.
É tão certo quanto o céu,
é tão certo quanto o mar.
Se um dia a sorte lhe chegar,
seja com um amor
ou com o que você desejar,

fique atento, meu amigo,
não se deixe duvidar.
Pois num piscar
a vida passa
e você nem viu passar.
Mas, se de olhos bem abertos,
você conseguir ficar,
então agarre o que alcançar,
sem pensar ou suspeitar
de que seja seu dever
a felicidade dar
pra mulher, pra amigo,
para filhos ou outro ser
que respirar.
Pois felicidade é passageira,
e tem mais, vou te contar:
talvez você a tenha sentido e
nem sequer a notou passar.
Pois felicidade, meu amigo
é graça, sopro, e a ninguém
se pode doar."

Edgar bate palmas, empolgado.

— Que bonito, seu Quinho! Grande poeta esse, hein?

— Né? Alfredo era um pernambucano muito chegado, escreveu isso numa das noites que ficava por aqui, à toa, tomando uma cachaça... Acho que voltou pra sua terra, faz tempo que não aparece. Espero que seja por isso...

Antes de guardar o poema na sacola, seu Quinho ainda relê os versos em voz baixa, relembrando outros casos do freguês, que andava sempre com uma rima na ponta da língua. Alisa o papel com os dedos, como se também acariciasse o passado, o seu e o de tantos clientes que passaram pelas mesas que serviu na vida — e, no gesto, sente como se pudesse tocar uma coleção de destinos incertos.

— • —

Estavam quietos, ouvindo Ella Fitzgerald, a cantora favorita dela, depois de um dia intenso: Bárbara terminava uma série de quadros para a próxima exposição, com data próxima, assim, vivia os altos e baixos de seu processo criativo — esses eram sempre períodos delicados. Já José descansava o corpo depois de aulas seguidas, trabalhava em dobro naquela época, cobrindo outro professor de capoeira, doente havia meses — um câncer desgraçado que acabou por matá-lo. Estava sempre exausto, quase não conseguia manter-se acordado após chegar em casa e tomar banho, mas, naquela noite, bebeu um bom café para curtir a companhia da mulher.

Perguntou-lhe, então, se era feliz. Como costumava fazer, Bárbara não respondeu de pronto, ficou ali, cantarolando o jazz, até que se sentou em seu colo, como se fosse cavalgar — nesse movimento de quem toma o controle, de quem precisa tomar o controle. Sorriu.

O que ele entendia por felicidade? Felicidade é apenas o que a gente aponta e dá nome? Ou, na verdade, é coisa que só existe no plural — felicidades? Ser feliz estava intrinsicamente relacionado ao reconhecimento das felicidades, ou a gente é feliz mesmo sem saber? Ah, esse assunto era cheio de tantos clichês, mas ela abraçava esses lindos clichezinhos: que alegria poder ser óbvia às vezes, não é, José?

Sim, conhecia felicidades: lembrar-se de Madeleine, dos cabelos grisalhos, dos olhos azuis como safira, do aroma de seu perfume frutado — tudo tão gravado na memória, décadas depois. Uma tela em branco também era felicidade, a potência de ser expressão para além de si mesma. A pintura, única coisa do mundo que lhe permitiu conhecer uma "felicidade angustiante", ao remexer em tudo, especialmente nas feridas — por isso, viver a arte era poder transgredir a realidade, um privilégio. E ainda: comida apimentada, bebidas quentes, a textura da areia nos pés descalços, o cheiro da grama e de manjericão. O mar, o vento, o céu — o horizonte, literal ou metafórico. Por fim, como não viver felicidades se existiam abraços dos amigos, os beijos do homem que amava... se podia senti-lo dentro dela?

"Agora venha, meu homem, sejamos felizes."

Na cadência da voz rouca de seu Quinho, José foi revivendo o deleite dessas lembranças, a delícia que era envolver a mulher nos braços, levando-a consigo pela casa, brincando de fazê-la voar ou cavalgar. Enquanto ouvia os versos, encontrou nos cantos de suas memórias o cheiro das tintas que Bárbara usava, a maneira descontraída como comia e falava ao mesmo tempo, o modo concentrado com que passava os dedos nos fios negros do cabelo, enquanto o encarava de modo hipnotizante.

Bastava-lhe fechar os olhos para conseguir enxergar a imagem de Bárbara sentada na banqueta azul, absorta em sua paixão de pintar abstrações, o braço subindo e descendo, esparramando traços multicores na tela branca. Não tem dúvidas: viver aquela mulher foi sua felicidade por dez anos.

— Falando em alegria, sabe o que cairia bem, agora? Uma porçãozinha de mandioca, seu Quinho!

— É pra já, Edgar, vou pedir para a Margarida preparar uma, no capricho.

Margarida e Quinho trabalharam juntos em um restaurante por muitos anos. Hoje, ela é responsável pelo cardápio do Amarelinho, além de ajudar com a limpeza do lugar. Apesar dos mais de setenta anos, é uma mulher cheia de energia. Das poucas vezes que sai de perto do fogão, conversa com os clientes e, não raro, distribui broncas pelas mesas no tardar da noite. "Vamos embora, chega de beber", "Ei, você, tira o pé da cadeira, levanta e vai pra casa", "Come alguma coisa, saco vazio não para em pé", e assim esparrama reprimendas e carinhos.

No começo, seu Quinho ia atrás da cozinheira, resmungando que aquilo ali não era jeito de falar, um dia ela ainda espantava os clientes, mas Margarida não se intimidava, que bobagem aquela do amigo e patrão: espantar? Qual o quê?

Se viveu a vida toda perto de homens iguaizinhos a esses aqui! Que ele ficasse sossegado, pois ela sabia muito bem o que estava fazendo. Edgar, por exemplo, vive tomando sermão; por causa disso, passou a chamá-la de Mãe Margarida — alcunha que acabou agradando não só aos fregueses, mas à própria apelidada. "Tem que ser mãe pra aguentar marmanjo puxando fogo, mesmo", repete.

— Margarida já tá fazendo a porção, Edgar.

— Tá certo, valeu, seu Quinho.

— Falando na Margarida, tem notícia do Djalma, Quinho?

— Ah, Chico, parece que tá pra sair do hospital essa semana.

— Que foi, seu Quinho?

— O marido de Margarida tem diabete, faz hemodiálise. Andou mal, foi parar na UTI.

— Coitada da Mãe Margarida!

— Pois é, mas, graças a Deus, tá melhorando e logo vai pra casa. Ela passou um sufoco, viu? Os filhos ajudam, ficam à noite com ele... Porque vou dizer, cansa muito essa vida de acompanhante em hospital, num é brincadeira.

Seu Quinho suspira e passa um paninho velho no balcão de pedra, tentando afastar as lembranças daqueles tempos em que levou Flor de um hospital a outro, em internações angustiantes, sem diagnóstico preciso, entre a vida e a morte. Foram semanas, meses andando sem respostas pelos corredores compridos, falando com médicos de diversas áreas, ajoelhando-se em capelas, implorando pela vida de Florbela — fosse o Deus que fosse, que a salvasse daquele sofrimento.

— Notícia boa saber que Djalma tá melhor, Quinho.

— Ô, se é! É um alívio ver Margarida feliz. Pois até bronca já me deu hoje! Eu falei que num queria ver a cara dela por aqui, que daria um jeito, tô muito acostumado a cuidar da cozinha também... mas ela não quis saber. Num tem jeito, essa mulher é teimosa e forte que nem um touro.

"*Eles dizem para a gente ser forte. Seja forte, seja forte, repetem sem cansar. Mas não é falta de força, nem de coragem, nem de amor — é, sobretudo, pela força. Eles, sempre eles. Eles não entendem, José. Não entendem que é, sobretudo, pela força.*

Você é homem, José, mas me entenda, por favor. Que a gente que é mulher nasce assim, com peso no peito, com culpa no corpo, com um rio inteiro a transbordar na alma, e a gente segura, José, segura a travessia de si, nossas margens esparramadas em nós, nos outros; esparramamo-nos. E há tanta força em ser, José, há tanta violência, tanta beleza, que o que a gente quer é gritar, gritar para o mundo: vejam como sou forte! Como sou linda e muita, muita! Eu me transbordo de mim, vejam!

Mas ninguém ouve, José. Eles dizem: é louca. É fraca. É frágil.

Ontem, hoje e amanhã, eles dizem e não entendem. Mas a gente é forte, forte demais, José, porque a gente se segura, e é preciso ter coragem para ser tão inteira e fingir vazios, e ter vazios para preencher de outros, outros homens demais, outros que entram em nós: mas estamos desde sempre e eternamente nos derramando.

Estou o rio poluído, o rio letal no meio da cidade. E não posso ser rio letal, não quero ser rio parado, não. Sou rio doce, forte, bravo, rio com força de ser rio. Sou mar, correnteza, maremoto. E é assim que deveria ser, sempre, para sempre. Se não posso, não me sou mais; se tenho de ser conforme o que dá, já não me sou mais.

Meu corpo está me matando, José. Meu corpo é letal. Meu corpo se degenera. E isso é o meu inferno.

É sobretudo pela força, lembre-se disso, meu homem.

Talvez seja do meu sangue, José, essa coisa de ouvir o rio, de ser ele, de ser morta uma e outra vez mais, mil vezes, por séculos, renascendo o quanto seja preciso para depois me transbordar. De novo e de novo. É assim que é. Renascemos todos os dias.

Fluidas fortalezas.

Eu sou o que há de mais forte nesse mundo. Não tem nada que exija maior fluidez e fúria do que ser o que sou. Você ouviu, meu homem, você viveu o som de meu furor, sentiu minhas águas em correnteza. Eu, esse mar bravo, mar que vem e continua eternamente, até muito depois do sempre.

Não há como estancar nem mais uma gota desse fluxo aqui dentro, minha força não voltará a obedecer margens: destruo no meu transbordamento. Essa sou eu, e sinto muito que você se afogue, sinto muito que se entristeça por minha causa, isso não é justo, não é bom. Eu vi, eu vejo em seus olhos, a tristeza marejante nesses olhos de meu homem, meu corpo letal matando a mim e a meu homem. Não! Não se destrua, José, seja pedra em oceano, por favor.

Me perdoe, José, se lhe escrevo em névoas, em ondas. Mas, de tanto me segurar, já não me posso mais. Eu sei, eu sei que você nunca me pediu força ou mais força; você, não. Você nunca. Você sabe, você sempre soube, sempre me olhou como se eu fosse o que sou: você é meu espelho de reflexos lindos, meu tudo.

Crer em mim foi minha própria religião por anos, então veio você, meu oráculo, meu José, meu homem, meu espelho, minha terra fértil. Meu amor. Entreguei-me ao mundo, José, adorei pessoas, conheci muitas delas, inúmeras delas, transbordei-me em corpos, diversos corpos, mas foi você quem me recebeu como se nunca tivesse nascido em outra nascente que não fosse meu peito, minha alma. Você, meu lençol freático, frenético, minha implosão diária.

José, não se esqueça, não se deixe enganar pela raiva ou pela dor: fosse possível, nasceria novamente em nossa cama hoje, amanhã. Mas renasci cinquenta vezes cinquenta, tantos anos tive, quantas vezes precisei morrer e nascer. Então, você sabe que não é por falta, nem por covardia, nem por fraqueza, tampouco por vazio. É, ao contrário, por estar cheia, ser maré cheia e não ter mais para onde escorrer sem doer, sem matar.

Se eu digo que você, talvez, não entenda, é só porque te amo e poupo-lhe o pensamento, essa vontade humana de desejar estar-em-alguém para compreender. Não, não faça isso. Não queira estar em mim, não assim, meu amor. Você, meu José Pedro, pedra, rocha, você não precisa saber, adivinhar como são os minutos que antecedem o atravessar das águas profundas.

Não se deixe distrair, José, enxergue o que os outros não irão ver, jamais. Veja para além dos olhos, meu homem.

Mas, José, eu não morrerei hoje. Morri no dia do derradeiro diagnóstico: uma bomba-relógio dentro de mim. Não aguento mais ouvir o tique-taque, tique-taque, e meu controle, e minha força? Eu amo a vida, eu amo a vida! E quero viver até o último minuto, quero viver e te amar, saber que te amo e que fui sua, e fui minha, e fui de Madeleine, e fui do mundo, e fui de ninguém, que eu sou, serei. Sereia em outras águas, não mais um rio letal.

Não se distraia, já lhe disse isso? Olhe apenas para o invisível e não escute aqueles que tentarem encontrar respostas para o absurdo que é a morte de quem a gente ama. Seja simplesmente José, e eu estarei escorrendo de sua boca, de suas mãos, de seu peito. Sou Bárbara porque também existe você, meu homem. Se morro, é porque estive aqui, e é disso que vou cheia: atravesso cheia de vida."

— • —

Sabe de cor, palavra por palavra, a carta que Bárbara lhe deixou naquela segunda-feira, palavras que vêm em ruínas nos sonhos. Durante muito tempo, carregou-a junto de si, dormia ao seu lado, acariciava as letras cursivas, pois era o que entendia ser o que havia de mais Bárbara no mundo. Até que se olhou no espelho: seu reflexo lindo então entendeu que, afinal, aqueles papéis não eram a única coisa que restava da mulher no mundo.

Olha ao redor, para todos esses homens reunidos em um boteco de esquina: bebendo e falando, jogando e discutindo futebol, família torta que adotou na tentativa domingueira de espantar rumorejos de tédio, de saudade, de melancolia.

"Quantos anos vivi, tantas foram as vezes que morri e nasci", Bárbara escreveu.

Sim, meu amor. Morre-se e nasce-se aos domingos. Renasço hoje e sempre. Sou José para também ser Bárbara no mundo, ser nós: fluidos, fortes, limpos, cheios.

SOFIA

Há sempre a falta.

Foi isso o que ele proferiu, certa vez, tantos anos antes, os olhos dispersos na imensidão do verde da fazenda, observando a colheita mecânica do café. Completou dizendo que, mesmo para aqueles a quem, aparentemente, não falta nada, há a falta da falta — porque o nada é sempre cheio, Sofia, a angústia perscruta a humanidade.

E o que faltava a ele, homem tão cheio de si? Aliás, cheio ou vazio de si?

Questiona-o somente agora, mulher tão diferente da menininha que admirava o pai, um homem coberto de razão e silêncio. Está morto há anos, enterrado com seus hiatos e suas conquistas, enquanto ela permanece nessa busca de dar contorno às lembranças difusas. É difícil pensar nele, talvez pela distância que as vivências mais marcantes já tomam agora, vindas de um passado que conta décadas. Também pela força natural das verdades que vêm com o amadurecimento, descolorindo as belas imagens criadas pela esperança infantil nos adultos, no mundo.

Inventamos memórias para preencher espaços vazios? Idealizamos pessoas que amamos para adorá-las sem perguntas?

Carlos era uma pessoa silenciosa, silenciando-se. Como se não houvesse mais o que dizer, evitava as palavras, fazendo-se entender por olhares mínimos, movimentos das sobrancelhas, uma discreta tosse que arranhava sua mudez voluntária. Fumando o cigarro, tinha a mania de rodar o maço entre dedão e indicador — concentrado em habitar outros barulhos, outros mundos que viviam dentro de seu corpo — de homem e pai, senhor de faltas próprias e alheias.

Não fora sempre desse jeito, contudo. Pelos sussurros das empregadas, pelas lembranças de antigos amigos da família, Sofia foi encaixando outras imagens de Carlos em sua memória de filha que tenta colher cacos e construir uma história. Ainda que seja esfumaçada.

Naquele homem-do-passado, não havia a contenção de vida, o filtro de palavras. Muito pelo contrário, era em excesso: bebia demais, fumava demais, fazia festas demais, vivia rodeado de mulheres demais. Ah, sim, Carlos era homem atrás de rabo de saia, macho sem obstáculos, "coitadinha da dona Albertina", concluíam as empregadas.

Nessas lembranças alheias, Sofia conheceu a sombra de um artista cheio de ideias, de um diretor aclamado, de um homem enérgico e contestador. Até que: preso e interrogado pelo texto subversivo demais, recolheu as fantasias e foi viver do café.

Ponto-final.

É isso? Mas e as ideias, as paixões, os prêmios, a arte? Não lhe faziam falta? Homem-diretor, homem-café: duas personagens tão diversas na vida de uma só pessoa... Por quê? Como? Afinal, deixou tudo para trás por medo, por juízo, por pressão — da esposa, do país?

Na boca dos velhos amigos da família — especialmente os de "dona Albertina Rezende Albuquerque Duarte" — não cabem controvérsias. Pois essa ideia de que Carlos perdera o brilho, perdera o gosto, perdera as esperanças blá-blá-blá é tolice sem tamanho, contrassenso. Que blasfêmia sugerir que homem que assume negócio cafeeiro — em detrimento dessa coisa sem futuro que é teatro... — tem algum motivo de infelicidade! Não, que nada, ainda que tenha demorado, nunca é tarde para um pai de família deixar de sonhar para fazer o que realmente precisa ser feito.

Silenciando-se ou silenciado?

Sofia pensa neste homem — o homem antes do pai — que acabou conhecendo apenas por relatos de terceiros e pelas fotos abandonadas em caixas de papelão no sótão da casa da mãe. Aquele foi um homem enterrado junto do passado empoeirado, tornando-se memória cheia de ocos, ecos, medos, gritos e censuras. Ele mesmo, nas raras vezes em que relembrou seus anos como artista, apropriava-se de um tom de deboche: porque, no fim, é tudo bobagem, mais do mesmo nesse país de merda, que não vai mudar nunca, parte de uma humanidade burra cuja história repete-se *ad infinitum*.

Um quebra-cabeça sem todas as peças é inútil. É? De uns tempos para cá, Sofia observa essa imagem da própria vida que foi recriando, com ausências latejantes, mas tão suas que também dizem quem ela é. Demorou muito para aceitar encarar vazios, respostas inexistentes — e, principalmente, para deixar que permanecessem. "Contar a vida apenas sob a ótica da palavra é um jogo perigoso, Sofia, é escrever uma história pela metade", a mãe lhe disse certa vez, ela mesma cheia de tantos silêncios.

Mãe...

Dentro de seis dias, Sofia completa quarenta anos e há pouco mais de cinco meses começou a escrever pensamentos, sentimentos e memórias em um diário, seu caderno de narrativas dedicado a Homero, o filho que espera. Desde que descobrira a gravidez, teve essa ideia de registrar um pouco de quem foi e é para que, futuramente, seu menino possa enxergar com mais clareza parte da história, que é dele também — afinal, filhos já vêm ao mundo com um longo passado. Homero carregará não só o nome que ela e Henrique escolheram, mas também os sobrenomes. Homero é um Duarte Peres sem nem ao menos ter nascido. É um descendente.

Na noite passada, Sofia encarava a página em branco do diário havia quase duas horas, em mais uma madrugada em que perdera o sono. De repente, uma lágrima atingiu a folha, então desaguou não só o choro represado durante meses, mas também as palavras. Finalmente, conseguiu colocar para fora o medo agudo de ser mãe — de ser culpada pela tristeza desse ser humano que está gerando e trazendo ao mesmíssimo mundo que seu pai tanto desacreditou nos últimos anos de vida. Escreveu: tenho medo de que Homero seja infeliz, temo que ele herde melancolia. Isso, por acaso, está no DNA? E se eu lhe deixar faltar...

Foi então que se lembrou da conversa com o pai tantos anos antes, no dia em que pedira para acompanhá-lo na caminhada pelas plantações; estava insuportavelmente entediada e triste por ter se esquecido de levar a boneca predileta à fazenda, nada poderia distraí-la, nada tinha graça sem Paulinha. "E assim, Homero, seu avô explicou o que eu sentia, me fez abraçar a falta de Paulinha — uma falta entre inúmeras que teria na minha vida, pois esse sentimento nos acompanha, essa sensação de sempre faltar algo é humana. Um dia, meu filho, você também saberá o que é isso, por mais que eu prometa fazer o possível para que se sinta completo. Porque sou apenas mãe, não sou senhora do seu destino."

Fechou o diário, caiu em sono profundo.

— • —

Homero dá chutinhos leves, sensação que a faz sorrir todas as vezes. Nas últimas semanas, começou a senti-los com mais frequência. Os chutes e a fome: o segundo trimestre veio acompanhado de todo o apetite que perdera no primeiro, nauseante. Arrepia só de lembrar, a sensibilidade aos cheiros era insuportável. Recuperada a vontade de comer, vive de desejos, uns mais exóticos que outros, mas a lasanha de Léo é uma constante, seu prato predileto.

Há dois dias esperava para devorar o prato preparado pelo melhor amigo e, nesse momento, mergulha no aroma delicioso que já tomou a cozinha, a sala e a varanda, onde está sentada, observando os prédios no horizonte, tentando distrair a cabeça dos novos projetos, da campanha publicitária atrasada, dos e-mails que precisa enviar sem falta aos clientes. Fosse antes, teria fumado um maço inteiro, mas agora precisa recorrer aos exercícios de meditação, atenção plena — toda e qualquer técnica que mantenha a ansiedade controlada, essa vontade de devorar uma travessa inteira de calma.

Respira fundo com as duas mãos sobre a barriga.

— E esse menino aí? Mexendo muito? — pergunta Léo, chegando à varanda com uma jarra de suco de tangerina que sua pelo calor do dia.

— Sim, está todo espertinho hoje.

— É porque estamos falando de festa, né, Homero? Você vai ser festeiro que nem seu pai?

— Ah, sem dúvida, se ficou feliz em ouvir os preparativos do aniversário da mamãe é porque vai puxar ao papai na empolgação. Vai participar da festa também, né, filho?

Henrique se superou este ano. Sempre foi um anfitrião de mão cheia, adora receber amigos em casa, não economiza nos detalhes e nos requintes para fazer com que todos se sintam acolhidos — seja nos jantares mais intimistas ou nas festas de aniversário, seja no Natal ou no *Réveillon*. Mas, quando Sofia se deu conta de que setembro se aproximava, ele já tinha contratado a *chef* de cozinha, comprado as bebidas, falado com dois garçons. Faltava apenas decidir a música e fazer a lista de convidados — mas isso deveria ser decidido por ela, claro.

Não tinha pensado em aniversário, muito menos em fazer algo muito grande, mas Henrique acabou convencendo Sofia de que, sim, deveriam celebrar a data redonda, a virada de década, o único aniversário grávida e o último que passariam sem Homero. Então decidiu pela banda de uns conhecidos da agência, cujo repertório variado promete agradar a gregos e troianos. Já sobre os convidados, foi mais complicado.

Sinceramente, não tinha vontade alguma de chamar a mãe e os irmãos para a festa depois da briga com Eduardo. Não que esperasse reações empáticas em torno do assunto, pois os irmãos sempre foram omissos, e a mãe? Albertina é um poço de permissão às brutalidades de Edu — sempre passando a mão na cabeça do filho, sempre justificando as atitudes egocêntricas dele. Porém, mesmo conhecendo-os tanto, ressentiu-se pelo completo silêncio, por ninguém tê-la procurado ao menos para perguntar como o marido e ela estavam após a cena embaraçosa.

Não consegue se esquecer dos berros, da feição e dos fatos deformados de Edu, que os ameaçou de modo tão veemente, um cavalo. Havia muitos anos não brigavam fisicamente, mas foi incapaz de segurar os tapas e os murros, partindo para cima do irmão como se ainda fossem crianças, adolescentes. É confuso pensar nele, sempre. Tem ódio e tem amor, tem desprezo e tem pena. Mas agora só sente raiva. Raiva e nada mais.

Era apenas questão de tempo para que a relação estilhaçasse completamente, disso já sabia. Há anos tenta convencê-lo a buscar ajuda, a fazer terapia. Os ímpetos violentos, a mania de querer controlar a tudo e a todos, a necessidade de sempre ser o macho alfa, nada disso é normal, muito menos saudável, não faz bem nem a ele, nem às pessoas a seu redor. Mas de que adianta aconselhar, se tudo o que diz é visto como papo descabido, intromissão não permitida — e quem é você pra dar conselho a alguém, Sofia, você é uma mulher cheia de problemas, você acha que não te conheço, hein?, para de se fingir de santa, essa máscara não te serve, não, você nunca foi e nunca será exemplo de nada.

Já foram amigos no passado infantil, dois caçulas, quase da mesma idade, tão diferentes, mas tão próximos. Afastaram-se depois da morte do pai, quando viu Edu se embrutecer, tornar-se inflexível, jovenzinho mimado, revoltado, magoado. Dali por diante, passou a ser quase um desconhecido para Sofia, aproximando-se dos outros irmãos, embarcando no silêncio em torno de sentimentos — ou, como eles costumam dizer, "sentimentalismos".

Nenhum dos quatro fala sobre o pai. Quando o assunto aparece à mesa, geralmente está relacionado ao trabalho nas fazendas, mas ainda assim o nome de Carlos brota envolto em constrangimento, como se saudade fosse uma grande vergonha. Pudesse fazer um desejo, seria o de atravessar essa muralha taciturna que os defende, que construíram em torno do passado, relembrando histórias que desenhassem lembranças menos anuviadas, que trouxessem outras cores além do cinza.

Queria saber, por exemplo, qual a memória mais antiga que guardavam do pai? Conseguem ouvir a voz dele (era rouca mesmo ou é só coisa da minha cabeça)? Quais eram suas pequenas manias, além daquela de girar o maço na mão? Vocês se lembram, vocês podem me ajudar a lembrar? Eu era apenas uma adolescente quando ele morreu, é injusto que não saiba mais, que Homero não tenha um retrato mais complexo do avô materno, não queria contar ao meu filho uma história oca...

Guardavam algum objeto que os faz lembrar de Carlos?

Recentemente, Sofia resgatou no antigo quarto o abajur de cavalinhos que o pai trouxera de uma das viagens a Minas. Será que os irmãos se lembrariam?

Naquela época, vivia tendo pesadelos, custava a dormir pelo medo do bicho-papão, assombrada pelas histórias que Eduardo lhe assoprava aos ouvidos, afirmando já ter encontrado alguns monstros nos armários dos quartos. Então, no fim da tarde, o pai chegou em casa com o presente nas mãos, entregando-o a Sofia com um leve sorriso. "Agora, você poderá olhar para esses cavalinhos do carrossel e embarcar em sonhos tranquilos, filha. Bicho-papão existe, Sofia, mas é gente, é de carne e osso. Um dia você vai entender. Por ora, larga mão de ser medrosa. Você foi tocada pelo fogo, minha ruivinha, isso quer dizer que tem muito poder."

— E o pessoal da agência, Sô, chamou a mesma turminha de sempre?

— Sim, a mesma. Gabriel, Marina, Larissa, Adriana...

— Ah, que saudade da Adriana! Como ela tá?

— Está bem, numa correria enorme, trabalhando quase sete dias por semana para dar conta de organizar a estruturação das equipes, as pastas dos clientes, os projetos e tudo o mais até o fim desse ano... Porque, se depender do Marcílio, nada se resolve. Ele deixa tudo no colo da Dri, é impressionante.

— Quando se muda?

— Se tudo der certo, no começo do ano que vem... Ah, ela tá tão feliz! A mudança veio em boa hora, né? Novos ares e tal... a única preocupação é com a Bella; Dri me contou que tem conversado direto sobre isso com o Jorge. É muita mudança pra cabeça de uma adolescente, né?

— É, bastante mudança pra família toda, com certeza.

— Sim... Falando em família, te contei que acabei chamando meus irmãos e minha mãe?

— Decidiu, então?

— Ah, sim, conversei com o Ique, achamos melhor. Tô com um ranço gigante do Edu, mas... minhas cunhadas e meus sobrinhos não têm nada a ver com isso.

— Não tocaram mesmo no assunto?

— O que você acha? Tá todo mundo se fingindo de morto. O único que veio falar comigo foi Carlinhos, que é filho do Marcos, mas não tem nada do pai, graças às deusas. Minha mãe deu um jeito de sumir com o Edu por uns dias, mandou pra Santa Luzia, sei lá para que raio de fazenda... É o jeitinho dela de "resolver" as coisas, né?

— Ahã... E ela? Não falou nada, imagino.

— Me ligou um dia desses, perguntou do bebê, se estava tudo bem no trabalho e pronto, assunto encerrado. No fundo, sei que ela está sem graça com o Ique, porque ele só tinha feito um favor a Carol, mas... nunca vai dizer isso com todas as letras.

Assim é Albertina, uma mulher protocolar. Parece medir em régua as palavras, calculando seus efeitos. Pela criação rigorosa, aprendera a portar-se do modo a que chama de "o mais devido": o que tem a ver, basicamente, com a tradição e a discrição. Paradoxalmente, destaca-se em todos os ambientes que ocupa. É assim: aonde quer que Albertina vá, carrega a postura orgulhosa de senhora soberana, dona de terras em três estados, proprietária de bens que se contam às centenas. Ao seu redor ficam todas as outras pessoas, como que implorando por sua seletiva atenção — e, ainda mais rara, aprovação.

É uma matrona, matriarca rodeada de descendentes, um tanto fria, mas nunca completamente distante, pois a família, como gosta de dizer, é seu bem maior.

Casou-se por amor juvenil, encantada pela imagem do rapaz bonito, culto, de família antiga, de boa classe — neto de seu professor de latim, mestre que tanto admirava. Desde aquela época, Carlos e Albertina eram essencialmente diferentes, com ideias e ideais discordantes. Mas, apaixonada, viu-se atraída pela aventura de se lançar em uma história fora dos padrões destinados a ela desde que nascera — e até antes disso.

Não foi como imaginava; os primeiros anos de casamento amargaram seus planos de família conforme "o devido". Por puro orgulho (e porque jamais aceitaria ser mulher divorciada), permaneceu ao lado do marido, ainda que isso significasse ter de engolir sua vida boêmia — que ele havia prometido abandonar depois que se casassem —, os perfumes femininos que trazia para a cama, as festas e a ausência constante na vida familiar. Tudo por causa do teatro, sua maldita arte, que vinha sempre em primeiro lugar.

Com o passar do tempo, aprendeu a disfarçar a falta de Carlos estabelecendo rotinas rígidas aos filhos e à casa, tudo para que as coisas funcionassem normalmente, sem riscos de caírem na bagunça que seria se dependessem do marido e de sua vida libertina. Omitia problemas, negava as próprias feridas, porque nada a preocupava mais do que a educação de seus meninos, seu legado.

Seu patrimônio.

Essa é uma palavra que não sai da boca de Albertina, para quem ascender e descender carrega o dever de preservação do patrimônio. Por isso, faz questão de resguardar a imagem de sua família, mesmo que isso signifique apagar certas passagens indesejadas do passado, do presente. Pois a maior ambição da vida de Albertina é passar incólume em bocas alheias.

É por isso que cenas como a da briga naquele domingo entre Henrique, Sofia e Eduardo são inconcebíveis para a matrona dos Albuquerque Duarte. Naquele dia, enfrentou tudo com olhos duros, sem se dar ao trabalho de dizer algo em voz alta. Permaneceu de pé, apoiando-se na convicção de que seriam todos muito ignorantes de onde estavam, de quem eram: afinal, ninguém aprontaria um circo daqueles debaixo de seu teto, de seu nariz... "Coisa de gente baixa", praguejava mentalmente.

Não se comoveu com as acusações de Eduardo contra o cunhado — que saíam aos berros, em cusparadas; muito menos aprovou a reação da filha (um absurdo mulher grávida sair avançando contra o próprio irmão, sem conseguir frear o desatino). E ainda tinha o chororô insuportável de Carolina, as noras naquele zum-zum, os netos para lá e para cá, tentando controlar os brigões — alguns rindo, até. Coisa de gente baixa. Desgosto.

Mais uma vez, teria de agir com firmeza para restaurar o orgulho naquela casa, mais uma vez teria de refazer o malfeito dos filhos: foi isso que Sofia leu nos olhos da mãe, tão logo Henrique a puxou para irem embora dali. Adivinhou os pensamentos dela, embora não tenha dito uma palavra sequer. Não era preciso; na dureza daquele rosto, era possível ouvir os murmúrios de seu olhar de pedra.

— • —

— Léo, você se lembra daquela vez que entrei no sótão de casa, escondida?

— Humm, acho que lembro, muito pouco... Não foi quando você achou umas cartas, umas fotos antigas do seu pai?

— Sim, isso mesmo. Estava pensando nisso essa semana, escrevendo no meu diário... Engraçado como a memória funciona, né? Tenho esse dia tão marcado, parece que foi ontem.

Sempre via a mãe e as empregadas entrarem e saírem do cômodo, passando a chave, conferindo se a porta realmente estava fechada. Quando pedia para entrar também, Albertina a olhava obliquamente, questionando se ela achava devido uma mocinha ser tão bisbilhoteira, pois um sótão não era espaço para crianças e ponto-final. Mas as justificativas só faziam aumentar sua ânsia de invadir o território proibido — quem sabe ali não seria o ponto de encontro de bruxas, fadas e outros seres mágicos?

Os anos se passaram, a curiosidade diminuiu, até que, certo dia, encontrou a chave pendurada na porta. Pensou rápido: trancou a porta e levou a chave para o quarto, entraria mais tarde, quando todos estivessem dormindo. Que adrenalina! Foi uma das noites mais longas de sua vida, o ponteiro do relógio movia-se lentamente.

Até que: a casa em silêncio, as luzes apagadas, pé ante pé, foi ao cômodo secreto. Quando entrou, encontrou-se com a decepção: eram apenas tralhas! Quase voltou para trás, mas, então, avistou seu nome grafado em uma das caixas, e correu para ver o que havia guardado ali: abraçou Paulinha com afeto, não a via fazia tanto tempo! Foi tirando bonecas de porcelana, cadernos, seu primeiro diário e, enfim, o abajur, presente do pai. Ficou por muito tempo tocando aquelas lembranças, sentindo a textura dos cavalinhos, guardiões de seus sonhos por tantos anos, folheando antigas memórias.

Depois, partiu para outras caixas. Numa delas — Carlos (1960-1970) —, encontrou cartas, muitas delas com assinaturas reduzidas a duas letras, outras tantas em que constavam remetentes desconhecidos para Sofia. Leu algumas, em que havia vislumbres de dias melhores, relatos de sonhos, de teatros. Companheiros e companheiras, todos irmanados a seu pai pela arte. Tudo um tanto impenetrável a seus olhos adolescentes, especialmente aquelas em que *personas hablaban en español con Carlos, desde Chile, Argentina, Uruguay sobre la esperanza, los nuevos tiempos.*

Além das cartas, havia documentos amarelados, papéis carimbados, roteiros rabiscados, certificados de participação em festivais. Um troféu, inclusive, de melhor direção no circuito estadual de 1963. Mas, de tudo, o que mais chamou sua atenção foram os álbuns de retratos carcomidos. Colocou-os no chão e, um a um, folheou imagens daquele Carlos sorridente de que, na época, pouco ouvira falar.

O Carlos do passado estava ali, naquelas imagens de outro mundo, o do artista: em cima do palco, um microfone à frente, as mãos em riste; em meio ao grupo de pessoas, nenhuma que Sofia já tivesse visto; ao lado de homens barbudos, segurando copos de uísque, com o riso e o cigarro na boca; no abraço íntimo, ao lado de uma mulher de cabelos vermelhos — como os dela. Outra mulher tocada pelo fogo.

Naquela caixa, não havia nenhum sinal do pai, o Carlos que conhecia, apenas do homem, do artista, do passado. Desejou profundamente conhecê-lo, perguntar-lhe se era feliz, pois parecia tão contente naquelas fotos! "Você era feliz, pai? Você foi feliz mesmo depois de desistir do teatro?"

Também queria muito saber: quem eram todas aquelas pessoas nas fotografias? Seus amigos? Por que nunca mais os encontrou, ele os tinha abandonado?

Mas era tarde demais. Não poderia perguntar nem ao Carlos-diretor, nem ao Carlos-pai. Chorou. Sentia tanta falta dele, por mais que nunca tivesse dito isso a ninguém, sentia muita falta dele em casa. Um ano tinha se passado, mas não conseguia apagar essa ausência dentro dela.

Pensou em levar aquele álbum para o quarto, quem sabe mais de um, queria poder olhar aquelas fotos outras vezes, sentir-se próxima do homem de sorriso fácil. Mas, então, planos e devaneios interrompidos, toc-toc: e o olhar de Albertina sobre ela e o passado esparramado no chão. Pega em flagrante, era o fim da aventura. A mãe encheu o peito e mandou que fosse para o quarto, que não era hora nem lugar para uma moça estar, pois, dali a pouco tempo, teria de se levantar para ir ao colégio. Não levou consigo os álbuns, voltaram todos para as caixas, para o esquecimento de seus olhos. Mas, por favor, poderia levar o abajur para o quarto?

Sim, claro que sim, a mãe consentiu com os olhos marejados.

Desde então, imagina Albertina no sótão, mergulhada na nostalgia, na solidão de reviver outros tempos (melhores, sempre melhores aqueles que não existem mais). Ali, pode chorar sem pudores ao reler cartas de irmãos distantes, ao acariciar os rostos severos dos pais em antigas e raras fotografias. Remexendo nas caixas organizadas cronologicamente, reconecta-se ao passado por documentos, por tantos registros que acompanham a família Rezende Albuquerque desde meados do século XIX.

Não, o sótão não serve apenas como depósito de tralhas, Sofia aprendeu naquela madrugada. Na verdade, é a máquina de viajar no tempo de Albertina. Afinal, a matrona da família quase sempre pode esconder suas emoções, censurar qualquer indiscrição, condenando "cenas melodramáticas", mas não ali dentro, não naquele cômodo, onde caixas e objetos não são apenas coisas, mas, sim, um passado tangível — lembranças que, de certa maneira, estão sob seu controle. Cada artigo ali é símbolo de sua vaidade, da necessidade de Albertina de pertencer: o sótão contém, portanto, a história não verbal de sua vida.

"Uma dama de ferro. Mas, no sótão, apenas uma mulher com saudades."

— • —

— Que horas termina o jogo, Sô?

— Ah, acho que umas cinco horas, sei lá. O Ique dá sempre aquela enrolada no *pub* depois do jogo, né?

— Henrique e o hóquei!

— Ique e suas paixões excêntricas.

Milhares de quilômetros e quase duas décadas separam-no do tempo e do lugar em que aprendera a amar o esporte, *mas assim é Henrique: convictamente fiel às paixões de sua vida*. Léo sorri, observando a amiga, a barriga apontando os seis meses de espera. O tempo, que maluco!, passando ligeiro. Há tanto tempo se conhecem, por tanto passaram para que estivessem ali.

Que louco é o tempo. São amigos há quase trinta anos. Léo ainda se lembra de como os cabelos de Sofia cheiravam gostoso, aspirava o perfume sempre que se aproximava da colega — para pedir cola, para fazer qualquer gracinha. Sentou-se atrás de Sofia por quase todo o ensino fundamental, pela conveniência de estar próximo da melhor aluna da turma — já que sempre foi estudante mediano, cheio de dúvidas, especialmente em matemática. Entre uma aula e outra, cutucava os ombros dela e lhe oferecia chicletes, chocolates, tudo o que tivesse em mãos só para receber a atenção dos espertos olhos verdes.

Já no ensino médio, perdeu o protagonismo para o novato, o garoto de cabelos compridos e notas altas, que não poderia passar despercebido à amiga competitiva. Desde aquela época, os olhos de Sofia passaram a ser de Henrique, atentos a cada pergunta feita, a cada resposta inteligente: quem, afinal, aquele cabeludo pensava que era para chegar e já querer tomar seu posto? Um metido, era isso que era.

Ladainha que nunca enganou Léo, pois bastava juntar A + B para saber aonde essa implicância chegaria — e dessa matemática ele entendia bem, entendia muito melhor que Sofia. Ela debochava. Que ideia de romantismo era aquela vinda justamente da boca de Leonardo, o garoto-propaganda da azaração? Não acreditava na previsão do amigo, mas, no segundo semestre daquele mesmo ano, lá estavam Sofia e Henrique, aos beijos, na festinha regada a refrigerante e vodca. "Ique é tão inteligente, tão divertido... É tão gostoso ficar com ele, Léo. Sempre achei que só fosse sentir isso com... as meninas", confidenciou logo no início do namoro.

Foi assim que Henrique passou a ser calor e refúgio de Sofia, que tentava permanecer o maior tempo possível longe da mãe e dos irmãos, distante da casa enorme e gelada, cheia da falta do pai, cuja morte ainda cheirava a crisântemos e rosas brancas. Fugia para não ter de ouvir o silêncio da família sobre o infarto de Carlos e o que sobrara de cada um diante de tamanha ausência.

Nos primeiros meses, na tentativa de quebrar a frieza do luto da família — ela, mulher tocada pelo fogo —, passou a provocar a mãe, os irmãos, dando-lhes motivos para que discutissem, para que brigassem com sentimento, com lágrimas. Mas, com o passar do tempo, foi se tornando insustentável qualquer tipo de interação com suas feições neutras, com aquele modo gélido de desconversar...

Desistiu de tentar arrancar deles o que queria arrancar de dentro dela. Então, ilhou-se no amor, envolta por um oceano de ausências.

Inflexível às regras antiquadas de Albertina e do *modus operandi* da casa, tornou-se a "rebelde sem causa", abraçando esse e demais rótulos que pouco a pouco lhe impuseram: cobra naja, demônio ruivo, putinha de merda. Agarrou-se a isso com deleite, deixando escorrer seus venenos, ao menos assim poderia ser quem gostaria de ser, e não quem esperavam que fosse.

A irmã virgenzinha, a filha resignada? Nunca.

Observava um a um, os irmãos cada vez mais obedientes, patéticos, vivendo para agradar a mamãezinha: Frederico se dedicava à Agronomia como se fosse salvar o mundo. Marcos deixara de lado o sonho de cursar História para se lançar no curso de Administração — e, assim, cuidar das contas que as fazendas lançavam diariamente. Cícero não pensou duas vezes antes de se casar com a primeira cópia da mãe que encontrou. E Eduardo, o verdadeiro cão de guarda de Albertina.

"Um bando de pau-mandado", repetia para si mesma — e para Henrique, nas tardes que passavam juntos em meio a beijos, cadernos e *milk-shakes*. Tudo era mais doce na casa do namorado, sentia como se estivesse em uma estufa gostosa, quentinha e protegida do mundo lá fora, de seu mundo.

Mas a adorável redoma se quebrou no exato momento em que Henrique lhe contou que se mudaria para o Canadá tão logo terminassem o terceiro ano. Almoçavam numa lanchonete próxima ao colégio, o gosto do hambúrguer amargou na boca: como assim, ele iria embora? E ela? O que seria dela sem seu refúgio, seu lar? Ficou furiosa. "Pensei que seus pais gostassem de mim, que me quisessem por perto", respondeu, por fim, correndo para a rua, para longe.

O drama juvenil também foi registrado no diário ao filho, que nascerá mais de vinte anos depois daquele que pareceu o fim do mundo para a adolescente intempestiva que foi.

— Nossa, e quando Ique disse que iria morar no Canadá?

— O dia em que a cidade quase alagou por conta de seu choro infinito!?

— Ah, como você é exagerado!

— Não é exagero, nunca vi uma pessoa chorar tanto. Não sei o que era mais melodramático: você chorando de um lado, ou Henrique com suas breguices de outro, "ah, Sofia, espere por mim, meu amor! Espere por mim, que eu vou, mas volto!".

— Coitadinhos daqueles jovenzinhos apaixonados, mal sabíamos tudo pelo que teríamos de passar para estarmos juntos de novo...

Nove anos separaram as lágrimas juvenis da noite chuvosa em que se encontraram para um café.

Depois do embarque de Henrique, tentaram manter o namoro com ligações internacionais, internet discada e promessas de amor eterno. Não durou seis meses até que desistissem e compreendessem que, de uma forma ou de outra, teriam de seguir caminhos diferentes, além de distantes.

Embora aos soluços, a última ligação despertou em Sofia a vontade de se experimentar, descobrir quem era sem o namorado da adolescência. Passou a prestar mais atenção não só nas aulas do curso de Publicidade, como também nas pessoas ao seu redor, nos movimentos estudantis, nas festas regadas a breja, *rock 'n' roll* e liberdades. Leu compulsivamente, interessou-se por Alexandre, mas deixou a ideia de lado assim que descobriu que aquele discurso lindo de sua boca era apenas discurso. Alexandre, uma fraude. Assim, viajou sozinha para o Chile, a Argentina, o Uruguai; talvez, mesmo sem admitir, por influência daquelas cartas escritas de modo apaixonado a Carlos.

Não se satisfez, Sofia nunca se satisfazia naquela época de sede intelectual e física. Matriculou-se no curso de dança contemporânea, mas acabou aprendendo italiano — por causa de Milena, bailarina napolitana, uma das grandes paixões de sua vida. Assim, os anos foram passando até que se formou com honrarias de melhor aluna da turma, já empregada na agência com que tanto sonhara.

Enquanto isso, em terras mais geladas, Henrique se recriava. A começar pelas longas madeixas, que cortou logo depois de se mudar para a cidade de Hamilton, seu lar por mais de sete anos — e ele a chama assim ainda hoje, pois a verdade é que, mesmo sentindo falta de Sofia, dos pais e dos amigos, nunca experimentou solidão enquanto viveu no Canadá. Não precisou fazer esforço algum para se sentir feliz ali. Aliás, tem a impressão de que bastou pisar naquelas ruas para sentir a inesperada — e deliciosa — sensação de estar em casa.

Enraizou-se fluentemente, apaixonando-se por hóquei, *maple syrup*, *peameal bacon* e, enfim, por Shiela, imigrante filipina que namorou por pouco mais de dois anos. Viajou também, de mochila nas costas, conheceu todo o oeste canadense e parte dos Estados Unidos, mas nunca trocou a preferência por Hamilton. Ainda hoje, tantos anos depois, Henrique tem sonhos vívidos de que está ao lado dos amigos da faculdade, passeando pelas cachoeiras de Ontário, caminhando pela University Avenue. Seu lar.

Nas poucas visitas ao Brasil, tentou se encontrar com Sofia duas vezes, mas sem êxito. Estavam vivendo tão paralelamente que mesmo os encontros marcados com antecedência fizeram-se impossíveis: duas vidas que não se cruzavam, que não se cruzariam mais — foi o que pensaram, na época, ignorantes do futuro.

Por tudo isso, após se formar, Henrique decidiu que não voltaria ao Brasil, que não tinha mais sentido planejar um futuro longe do Canadá. Os pais o incentivaram: era uma decisão coerente, tinha sido criado para ser independente, livre, jamais pediriam que voltasse apenas pelo desejo de estarem perto. Que ficasse, construísse sua vida, sua família.

O tempo — mais uma vez, o tempo —, porém, quebrou redomas em suas histórias. O choque com a notícia de que sua mãe havia sido diagnosticada com Alzheimer precoce fez com que Henrique sentisse a palpitação de um caminho chegando ao fim. Desligou-se da siderúrgica em que trabalhava, fez as malas e voltou ao Brasil sem a menor perspectiva de como — e quem — seria dali por diante.

Tentava se restabelecer no país enquanto aprendia a "ir perdendo" a mãe. Pouco a pouco, mas não tão lentamente quanto, por vezes, desejou. Os sinais do Alzheimer — muito mais avançados do que seu pai relatava nas conversas ao telefone, por negação ou confusão pelo envelhecimento (da mulher e dele, afinal) — provocavam um misto de tristeza, raiva e cansaço em Henrique. Pois perdê-la daquele modo era perdê-la em vida. O corpo estava presente, mas aquela que fora sua mãe não estava mais ali, havia apenas lapsos de Ângela pelos dias, pela casa.

Com a progressão da doença, tornou-se a única pessoa que ela reconhecia. Às vezes, ficava minutos observando-o, como se não houvesse nada mais forte do que o sentimento que os ligava, como se, na confusão das memórias apagadas, ainda assim pudesse sentir que aquele era o seu rebento. Henrique, por sua vez, teve de aprender a ouvi-la sussurrando às enfermeiras: quem, afinal, era aquele homem ali no quarto? O que fazia ali? Nesses momentos, engolia as lágrimas, porque até se acostumou, mas jamais aceitou a "desmemória" da mãe: era como se ele não existisse, como se não tivesse identidade, pois, se nem mesmo a mãe poderia reconhecê-lo, quem mais?

"Filho, você está aí! Quer um *milk-shake*, uma vitamina? Preparo para você... A Sofia está no quarto?"

Ângela perguntou-lhe num ímpeto, certo dia, após um silêncio de muitas horas. Mas, tão logo disse, recolheu-se novamente, deixando Henrique acompanhado da nostalgia. Foi tomado pela imagem da antiga namorada, os dois no quarto, na descoberta do desejo, tão inédito naquela época. Fazia quase dois anos que voltara ao Brasil e ainda não tinha decidido se a procurava, mas a lembrança resgatada — logo pela mãe! — o convenceu. Quem sabe não poderiam ser amigos, conversar um pouco? Seria bom ter algo para distrair a cabeça, andava focado apenas no trabalho, na saúde da mãe, no bem-estar do pai...

Escreveu-lhe um e-mail um tanto formal, porém com tom saudoso — de quem pensava naqueles beijos, naqueles sorrisos bobos havia alguns dias. "Oi, Sofia, como você está? Desculpe tomar a liberdade, tinha este seu antigo contato e decidi tentar. Estou de volta ao Brasil há algum tempo e pensei que poderia ser legal te encontrar, conversar... Tenho saudades! Topa um café qualquer dia desses? Só me dizer quando. Abraços, Henrique."

Naquela noite chovia forte, e, assim que Sofia empurrou a pesada porta de vidro — ao mesmo tempo que tentava fechar o guarda-chuva emperrado —, avistou Henrique sentado em uma das últimas mesas, no canto esquerdo da cafeteria. Olhava distraído pela janela, com as mãos repousadas na caneca: ainda preferia cappuccino, como sempre, mas estava mais bonito, mais sério.

"A barba, talvez seja isso...", pensava enquanto se aproximava, arrumando o cabelo, sentindo a barra da calça toda molhada, arrependida por não ter pegado um táxi em vez de ir até ali caminhando. Estava ao lado da mesa, quando Henrique finalmente notou sua — atrasada — presença. Ah, o abraço era o mesmo, Sofia sentiu como se tivesse voltado a ser a jovenzinha refugiada nos braços do namorado.

Envolvidos um no corpo do outro, demoraram tempo suficiente para que ela entendesse por que tinha ido até ali com o coração disparado, a boca seca. Fora ao encontro de Henrique porque o queria. Queria Henrique como a adolescente que o deixou no aeroporto. Queria Henrique naquele dia e para sempre. Então, afinal, nove anos depois, ele estava de volta, e — ainda que de um jeito não tão romântico quanto nos livros — ela havia esperado por ele.

"Adorava caminhar nos parques de Hamilton, como o Gage, o Woodward e o Alexander Park. Quando podia, pegava o carro e ia até o Royal Botanical Gardens, um dos meus lugares favoritos de toda Ontário. Sentia uma energia gostosa ali, me alegravam todas aquelas cores. Mas, nos dias mais gelados, trancado em casa, pensava em você, Sofia, nos seus cabelos, nas suas sardinhas, ia deslizando meus pensamentos por seu corpo... Então, me sentia quente novamente", confidenciou-lhe naquela noite, entre um beijo e outro, com gosto de cappuccino.

Às vezes, pede que o marido repita "aquela breguice do parque, das cores e das sardas no Canadá". Então sorriem, se abraçam, se amam — com a pitada de ridículo que toda declaração de amor tem, como dizia o poeta.

— Bom, vou lá conferir a lasanha, acho que já está no ponto!

— Ah, por favor, esse cheiro está me matando, que fome! Homero tá que chuta aqui, acho que também quer lasanha!

Dá mais um gole no suco de tangerina, enchendo a boca do refrescante sabor, enquanto Léo volta com a travessa borbulhante nas mãos, envolto pela fumaça que esparrama o delicioso cheiro da lasanha por todo o cômodo. O desejo de Sofia agora é de devorar não só a massa, como também cada instante desse dia de felicidade boba, corriqueira. Assim, servidos, entrega-se ao deleite, saboreando o gosto inigualável de possuir tão íntima amizade.

— • —

Léo está no quarto, falando com a mãe ao telefone. Enquanto isso, Sofia passa os dedos pela coleção de LPs, procurando seu álbum predileto. Ali está. Ajeita a agulha da vitrola, aumenta o volume e deixa que "I'd Have You Anytime" invada o apartamento inteiro. *George.*

A melodia a transporta para aquelas noites, quando espiava o pai pelo vão da porta do escritório tomando uísque, fumando seus muitos cigarros, ouvindo essa canção repetidamente. Às vezes, ouvia-o balbuciar a letra, desafinado e choroso.

Certo dia, entrou no cômodo atrás dos discos, mas acabou se entretendo com o livro na mesinha, ao lado da poltrona. *Odes e Epodos.* Começou a folheá-lo por curiosidade e, quando percebeu, estava sentada, concentrada nas palavras difíceis daquelas páginas. Nem se deu conta de que Carlos havia chegado ao escritório e a observava. Sobressaltou-se quando o ouviu pigarrear, sinal para que ela o notasse logo — e, provavelmente, o deixasse em paz. Mas, ao contrário de outras vezes, ele não pediu licença, apenas se dirigiu para a janela. Ficaram os dois em um silêncio sufocante, Sofia tomada pela vontade insaciável de dizer algo inteligente, algo tão surpreendente que pudesse fazê-lo tremer e perder o olhar letárgico que adotava na maior parte do tempo.

Não pôde, apenas o contemplou acender o cigarro, soltando a fumaça devagar, abanando-a com a mão — como se o gesto pudesse afastar aquele cheiro de nicotina tão típico dele, cheiro que carregava na pele, nas roupas, que se esparramava pelo escritório e pela casa, como se sua sombra fosse.

Depois de quatro ou cinco tragadas, enquanto Sofia engolia a seco sua falta de palavras astutas, Carlos finalmente virou-se para ela, como se despertasse de um sonho, abandonando divagações íntimas.

Tinha os olhos embargados. Falou da Roma Antiga, discorrendo por longos minutos sobre um homem chamado Horácio, autor daquele livro que tinha nas mãos, *Odes e Epodos*. Contou-lhe sobre a vida e a obra do poeta que, entre todos, era um dos que mais gostava, dono daquela frase que Sofia jamais esqueceria: *Non omnis moriar*.

Non omnis moriar e a lembrança mais íntima que guardou do pai — e, talvez, uma das mais importantes de sua vida. "Sabe, Sofia, seu bisavô era um homem muito culto, o homem mais culto que já conheci. Tinha amizade com editores, escritores, músicos, muitos artistas daquela época. Foi professor de latim — aliás, deu aulas para sua mãe. Era amante da poesia, promovia saraus. Meu avô era um homem que valorizava a arte, que financiava teatros, concertos. Grande parte do que sei, devo a ele. Foi quem me ensinou a duvidar de tudo, a colecionar perguntas, pois sempre valorizou mais as perguntas do que as respostas. Vejo muito dele em você. Essa sua curiosidade tem raiz, Sofia. Ele ficaria orgulhoso de vê-la com esse livro nas mãos, era dele. Fique para você, pode levar para seu quarto. Agora preciso trabalhar, filha, me dê licença, por favor."

Abraçou Horácio contra o peito, nunca mais perdeu o livro de vista. Resgata-o eventualmente das prateleiras, folheando uma vez e outra mais, tocando na única memória que tem do bisavô paterno, na letra cursiva no frontispício: Este livro pertence a João Afonso Campos Duarte.

— • —

"Perdi tantas palavras no caminho." Pensei isso recentemente, não me lembro mais quando, provavelmente numa madrugada de insônia — tenho tido muitas, não é? Mas é que tenho

pensado tanto sobre você, sobre nós, a história que tento, de maneira tão difusa, escrever nesse caderno de memórias. Você sabe que tenho pensado em você, pai? Tanto, ainda mais...

Seu nome é eco latente em mim, pai, seu nome em ondas, as lembranças, as perguntas. As perguntas: como descrever Carlos a Homero, como desenhar a memória de um homem na Terra?

Se sempre falta algo, pai, me faltam palavras, me escorrem silêncios. Se o nada é sempre cheio, aqui dentro está você, pai, um homem cheio de faltas, de saudades, de um passado abandonado em caixas de papelão, lacrado pelo silêncio, pela censura.

Cheio ou vazio de si? Aliás, isso realmente importa? Porque, no fim, você deixou suas obras: Non omnis moriar.

Você se lembra daquele dia em que me entregou a preciosa edição de Horácio? Seu neto, tataraneto de João Afonso, herdará esse livro, pai. O livro e as histórias que o acompanham: também falarei sobre o autor romano, também o ensinarei a pronunciar o latim dessa frase que repito para senti-lo mais próximo, mais vivo em mim. Latim, a língua que meu bisavô transmitiu a você, a mamãe. E que se perdeu, mas não totalmente, porque non omnis moriar. *Escrevo, mas a ouço aqui dentro, em sua voz rouca — era rouca sua voz, pai? Já me esqueci dela... tão rara.*

Talvez, comece sua história a Homero por aí: "Era uma vez o homem que ensinou à filha que há sempre a falta, mas que permanecemos na Terra por meio de nossas obras. O nome dele era Carlos Duarte, um homem sério — talvez pelas máscaras que usava —, um homem ressecado. Homem cuja secura rachava e abria precipícios entre nós".

Precipícios que encaro.

Por vezes, fico imaginando como seria se você ainda estivesse vivo, caminhando no escritório ou em meio às plantações de café. Então posso sentir o cheiro do cigarro, que está grudado em minha pele também. Vício em comum — transmitido? Fumo para te buscar? (Parei, Homero arrancou de mim esse vício, não voltarei.)

Imagino você bem velho ao lado de seus netos, de seus filhos, de sua mulher. Albertina, a mulher que te amou. Você a vê, pai? Ainda vagando por essa vida, orgulhosa como nunca, mas sempre e para sempre assombrada por fantasmas, fantasmas artísticos, fantasmas inquisidores, fantasmas que não têm nome nem sobrenome — seus companheiros. E se fantasmas não morrem, se fantasmas são a própria morte, você é o fantasma de Albertina: e era mesmo quando estava vivo, não é? Foi assim que aprendi que amores podem ser fantasmas, presença que não se vê, mas que existe, existe no arrepio.

Quem foi você, pai? Quantos foram você? Quem desejava ter sido?

Buscá-lo, talvez, seja meu modo de me preencher de perguntas, de colecioná-las, de sê-las. Me pergunto, por exemplo: se estivesse aqui, seria mais do que esse hiato, conseguiria me explicar por que há, em nosso cérebro falho, tanto espaço para o esquecimento? Carlos, meu interlocutor silencioso, homem sobre quem soube metade, menos da metade. Uma fatia de homem, isso é tudo o que tenho de você.

Escrevo essas palavras no meu diário nesse domingo de primavera, dia quente em que fui feliz por ter me deliciado com minha comida predileta, por ter ouvido meu disco predileto, aliás, nosso George Harrison, pai... O pôr do sol estava espetacular, o céu azul tomado de raios alaranjados, rosa, violeta, e então senti meu filho dentro de mim, mais um dia que vivo Homero dentro de mim.

Nesse domingo, encontrei vocês, meu pai e meu filho. Porque, como dizem por aí, é dentro de mim que carrego você. E o carrego. Meu pai e meu filho — sou grávida de passado, presente e futuro, sou todos os tempos. Carrego, transporto, sou ponte entre você e meu Homero, entre meu filho e as narrativas que nasceram antes dele.

Mas, nessa noite, fim desse domingo lindo e ordinário, não sei dizer se realmente escrevo a você ou se sou apenas uma mulher à beira dos quarenta anos, assinando uma carta sem destino — ou, melhor, escrevendo para o futuro encarnado em

Homero, sangue de seu sangue, filho que nascerá com a força do sobrenome e com o peso de todas as histórias que foram vividas na Terra para que, então, ele pudesse viver.

Também me pergunto, pai, se Homero um dia realmente atravessará essas páginas, narrativas sem grandes propósitos, diário de banalidades, registros como este, de um domingo como todos os outros. Talvez, quem sabe, meu filho chegará até aqui e poderá descobrir um pouco sobre mim, sua mãe, mulher tocada pelo fogo. E, se me conhecer, assim Homero chegará a você, pai, um homem de tempos distantes. O homem que abandonou as palavras, as fantasias — e foi viver em silenciosas sombras.

Um poço em que a gente grita e só ouve ecos. Um eco, pai, você é um eco em mim, você é minha falta, você é tanta falta aqui dentro — que hoje, nesse domingo de primavera, até transbordo.

ISA
BELLA

Os pneus gemem sobre a superfície rugosa dos paralelepípedos, música de rua antiga em bairro distante. O sol é quente e nada passional, beija a atmosfera, atravessa-a, chega e queima a rua cansada.

Isabella contempla o tédio, espreitando o dia quase sem verbos, movimento que quase só existe no chacoalhar dos carros lá fora, no correr dos primos aqui dentro.

Por que os meninos parecem ter vontade de rasgar o vento?

— Bella, venha. Aproveite e feche as persianas para dar uma segurada nesse calor todo.

Márcia é quase um vulto, passa rapidamente pela porta da sala, soltando comandos, amarrando os cabelos curtos para trás, preparando-se para mais um dia de pressa — para ela, todos os dias o são. Também, não é para menos: cresceu única menina entre irmãos, formou-se médica intensivista, é mãe de três filhos vigorosos. Márcia, uma leoa.

— Já vou, tia.

O barulho dos sapatos descendo pela escada de madeira une-se à força de sua voz, gritando ordens:

— Mãe, a senhora pode se sentar, por favor, eu termino de colocar as coisas na mesa.

DOMINGO | 97

— Ora essa, Márcia, já estou terminando, você só se preocupe em servir os meninos, o Luiz. Cadê todo mundo? O tempero da salada está todo na mesa, veja se não esqueci nada, por favor?

Maria Augusta seca as velhas mãos no avental, dando meia-volta para a cozinha, onde esperam travessas de comida farta. Isabella pode descrever exatamente o que tem à mesa: todo domingo, a avó prepara arroz, feijão, galeto, macarronada, um agrado bem fritinho para os netos: batata, mandioca, bolinhos de todos os tipos. Também há sempre pudins e tortas para a sobremesa, bolachinhas para acompanhar o café, chocolates em potes de vidro para as crianças.

Mas é de tarde, quando todos já foram embora, que Bella e Maria Augusta compartilham do quitute mais desejado por elas: doce de leite em pedaços. "É o seu favorito também, não é?", a avó repete a pergunta retórica, estendendo-lhe a cumbuquinha de porcelana, só para ouvir que sim, vovó, é o nosso predileto. Então encontra-se com os olhinhos sorridentes.

Gosto dividido, algo só delas: e o domingo segue seus rituais.

Como de costume, Bella está na sala de TV, no segundo andar do sobrado, desde que chegou. Adora ficar aqui, sentada no banquinho de três pernas, observando a rua, os poucos automóveis que passam, os cães que passeiam livres ou em coleiras. Quando não há movimento nem disso, nem daquilo, passeia as pupilas pelas casas vizinhas, já tão íntimas, contornando com os dedos os ângulos retos e as curvas, as plantinhas, as antenas, os prédios no horizonte. Desenha o domingo com os olhos iluminados, fingindo ser tudo criação sua.

Ama esse espaço na casa da avó. Desde pequena, corre para se sentar diante dessa janela, curiosa para perscrutar os segredos que essa moldura lhe apresenta. Dali, vê o mundo girar e a vida acontecer: assiste à chuva cair e chegar ao chão como pequenas estrelas no céu; sente o sol e sua manifestação onipresente em dias como esse, em que a luz chega com ainda mais força nas árvores das calçadas; conta os carros, as motos e as bicicletas que chacoalham sobre os paralelepípedos.

Da rotina da rua, há sempre o momento em que seu Manoel aparece, abre e fecha o portãozinho cinza com dificuldade. É preciso ter olhos pacientes para acompanhar o tempo de seu Manoel, o tempo que ele leva para ser dono do próprio corpo: anda devagarzinho, quase não enxerga, então segue com as mãos avante, inseguras. Mas, enfim, chega ao destino, abraçando seus filhos que entram e saem da casa, fortes e lépidos. O tempo de cada um é realmente único.

Quando vó Augusta se senta ao seu lado e vê o vizinho, suspira em compaixão, o pobre homem que ficou viúvo do dia para a noite. A primeira vez que Bella ouviu a palavra câncer — sentindo seu peso no tom de voz dos adultos — foi durante uma conversa sobre a morte de Auxiliadora, a esposa de seu Manoel.

"Pobrezinha, que maldição, câncer fulminante", a avó lamentava, em sussurros, e o resto da família agindo daquele jeito que gente grande faz quando quer esconder alguma coisa. "Câncer", aprendeu então, é palavra que até causa medo de ser dita, que faz a avó dar aquelas batidinhas com os nós dos dedos na madeira. "Deus me livre, que não quero morrer nunca, sai pra lá, melhor nem falar em voz alta." "Câncer" é palavra que mata.

Assim, nesse observar longe e perto, fora e dentro, Bella vai criando seu álbum vivo de retratos e diálogos, aprendendo palavras e silêncios.

Do outro lado do quarteirão, avista Teresinha: como sempre, fuma um cigarro enquanto conversa com uma senhora que, minutos antes, passava pela calçada arrastando um daqueles carrinhos de compras dobráveis. Sente saudades de passar as tardes na companhia de Teresinha, dona Selma e dona Esperança, as três melhores amigas da avó. Aliás, uma das coisas de que mais gostava quando criança era ver, dali de cima, a caminhada vespertina das três vizinhas até o portão do sobrado. Quando estavam na esquina, já saía gritando para avisar a avó que, finalmente, chegavam! e então ia direto recebê-las, sentindo-se poderosa por ser quem abria a porta.

"Lá vêm as três mocinhas", vó Augusta brincava, colocando-se ao seu lado, cumprimentando as velhas amigas, conhecidas de tantas décadas. Bella acha isso uma beleza, essa coisa de ter amizade há tanto tempo que você nem se lembra mais quando ou por que começou. Desde pequena aprendeu a admirar a troca de receitas, as ligações durante o dia para o relato de algo trivial da vida, do bairro, a preocupação e o cuidado que elas têm umas com as outras.

Pela convivência com as quatro, naquelas tardes de sua infância, criou certa fascinação pela ideia de ser velha: imaginava como poderia ser incrível, se seus dias também fossem preenchidos apenas por chás, café, bolachinhas, bolos e conversas com amigas — sem ter de ir à escola tão cedo, fazer dever de casa, ter pai e mãe comandando tudo, a todo momento.

Mas, aos poucos, foi descortinando tal imagem, descobrindo as sombras do envelhecer, conhecendo ausências, entendendo por que, afinal, a avó e as amigas não pareciam sempre felizes, mesmo com as tardes regadas de doçuras. Era pequena, mas notava os suspiros dos pulmões cansados.

"Ser velho é viver de saudades", dona Esperança murmurou certa vez, e o peso dessas palavras passou a assombrá-la. Então era isso! Era a saudade que se sentava ali, ao lado delas, todas as tardes...

Sempre imaginativa, Isabella vislumbrou sua vida sem as pessoas que mais amava: vó Augusta, o pai, a mãe, os tios e as tias. Que pesadelo! Ela não queria ficar sozinha — nunca, nunca. "Ah, menina, não fique assim. Esperança exagera... A gente sente saudade, sim, mas, no fim das contas, só é velho quem pode viver muito, quem já experimentou a vida, quem amou, quem foi amado. Eu sou quem sou porque tive a vida que tive, porque tenho as lembranças que tenho. É um caminhar, Bellinha, um passo de cada vez."

Ainda bem que coleciona memórias tão doces, pois, ultimamente, vive ocupada com o colégio, com o futuro, com as mudanças em casa. Sente falta das vizinhas, daquelas tardes, da infância. *Vó Augusta tinha razão, tudo passa tão rápido...*

De repente, a vida está tomada de compromissos, de obrigações, tão diferente daqueles tempos, quando o pai a buscava no colégio e os dois almoçavam na casa de vó Augusta de segunda a quinta-feira. Jorge comia com pressa, saía mastigando a comida e as recomendações, na correria de homem-adulto, então as deixava sozinhas por toda a tarde.

Ah! Aqueles dias eram longos, duravam séculos, mas de um jeito bom, de eternidade no paraíso chamado "casa de vó". Que diversão poder ficar nesse espaço de aconchego, ser livre, ser a Isabella que queria ser. Só precisava fazer a lição de casa antes das três e meia — em troca, vó Augusta deixava que a ajudasse a servir a mesa de café da tarde. "Vamos, coloque essa toalha bonita, estou terminando o chá, as meninas já devem estar a caminho", dizia, enquanto a casa era tomada pelo cheiro de erva-doce.

Juntinhas, quase sempre às quatro horas em ponto, as três chegavam à porta batendo palmas, ignorando a campainha — coisa de quem é de casa. Era aí que Bella as recebia, ganhando beijos, afagos e apertões nas bochechas, respectivamente, de dona Selma, dona Esperança e Teresinha.

Três fadas mágicas de seu reino encantado.

A mais velha, dona Esperança, está sempre vestida com conjuntos de camisa e saia de tecidos finos, colares e brincos de pérolas. Frequentadora assídua da igreja do bairro, tem a vida social agitada pelos eventos da paróquia, sendo a primeira a saber das novidades da vizinhança: dos nascimentos, dos casamentos e das mortes. Isabella adorava saber os bastidores das carolas, relatados em detalhes por dona Esperança, que enchia a boca de elogios em torno do padre Alceu (que parecia gostar até demais de fazer uma "boquinha" na casa das fiéis).

Teresinha é alta e magra, tão magra que Bella tinha a impressão de que, se um dia caísse, se quebraria em mil pedacinhos. Está sempre com a carteira de couro embaixo do braço e o maço de cigarros nas mãos, entre os dedos tortos, muito tortos. "É que ela tem artrose e artrite, coitadinha." Entre as quatro, é quem menos fala, embora esteja sempre atenta a tudo, com os olhinhos fundos que olham fundo: na verdade, Teresinha parece tragar a alma de quem está falando. É assim mesmo, uma velha fumante de cigarros e de palavras.

Já dona Selma é uma senhora de cabelos violeta — que, a depender da luz, parecem azulados. Graciosa, está sempre rindo baixinho, ou melhor, mais balança o corpo do que ri com a boca. É a melhor cozinheira (ainda melhor que vó Augusta, o que não parece possível, mas é): passa o dia inventando misturas, consultando cadernos de receitas, emendando café da manhã ao almoço, lanche da tarde ao jantar — tudo feito com temperos e carinho, para ela e Oswaldinho, o filho solteirão, com quem vive há cinquenta anos.

A sensação de borboletas no estômago, a que as pessoas recorrem para descrever o amor? Para Bella, ainda hoje, só se aplica às memórias infantis, quando passava tardes assim, entre histórias e guloseimas — lembranças de amor, afinal, do amor entre quatro senhoras e uma criança.

Anos depois, aqui está ela, a vida metamorfoseada: a separação dos pais, a possível mudança de cidade, de colégio, de rotina. De ser quem é? Afinal, até que ponto é o que é porque está onde está? Não sabe responder. Fica zonza de tanto ponderar.

Enfim, suspira melancólica, como se tivesse centenas de anos e não apenas dezesseis, sensação que a visita especialmente ali, nessa janela do sobrado antigo, onde pode esquecer a correria dos dias, dando-se ao luxo de reviver a infância. Assim, aos domingos, Isabella experimenta a contemplação.

— Bora, filha? A mesa já está posta.

A voz do pai interrompe seus pensamentos. Volta-se para trás e o encontra ali, com os braços cruzados, a cabeça apoiada no batente, no mesmo batente da mesma casa onde ele cresceu. Por uns instantes, tenta imaginá-lo pequeno, parado no mesmo lugar, sem ideia de tudo o que viveria.

Vó Augusta tem mania de andar pelo sobrado, recordando histórias. "Já contei como Nelson arrumou aquela cicatriz na testa? Tropeçou nessa escada, caiu de cabeça, um susto!", ou "não sei quantas vezes trocamos o vidro dessa janela por causa da mania de Márcia de jogar bola dentro de casa, essa menina era um terror!". Já sobre seu pai, as histórias são mais mansas, era um menino que gostava de jogar pião e ler quadrinhos.

"Você é como seu pai, mais quieta, observadora... Jorge também era assim. Seu avô é que não gostava muito, ficava doido, dava sempre um jeitinho de fugir das perguntas mais cabeludas", conta, divertida.

E ali está ele, o menino de questões complexas, homem de olheiras profundas, absorvido pelas consequências de uma noite de insônia: o divórcio é assunto que ele ainda digere. Já Isabella, quando pensa em tudo o que aconteceu este ano, tenta se concentrar naquilo que os pais lhe prometeram: onde existiu tanto amor não nasceria ódio. Assim, desde que Adriana saiu de casa, os três vivem a descoberta de serem família com algumas distâncias.

— Vamos, sua tia Márcia daqui a pouco dá bronca.

Com um sorriso torto, vira-se para o corredor e estende o braço para que ela se apresse. Afinal, Jorge sabe que a filha ficaria ali olhando a rua por horas, adiando o almoço, o fim do dia. Há tanto mundo para ser contemplado, ele compreende: também aprendeu muito ali, naquela mesma janela.

Ao chegar à porta, ela olha mais uma vez para a sala, com um nó na garganta, com a estranha sensação de saudade do que ainda vive, saudade deste domingo.

— • —

Chegam à mesa ao mesmo tempo que os tios, que vêm carregando a conversa iniciada na varanda, segurando copos com sobras de cerveja quente. Um a um, a família vai se sentando nos mesmos lugares de sempre, como se fosse combinado: quando foi que esse "sempre" começou? Como são criadas as pequenas tradições silenciosas, hábitos que fazem sombra fresca, sombra familiar?

Na casa de Maria Augusta, os rituais dominicais se iniciam bem cedinho, nos preparos para o almoço. A matriarca tira a carne do congelador, pica cebola, alho, talos de salsinha e cebolinha, prepara tudo quanto é tempero para a comida. Depois, começa a fervura do molho de tomate, receita vinda de gerações anteriores — e que somente Márcia aprendera a fazer. "Vou te ensinar, Bella, você precisa aprender. É receita tradicional da nossa família", a vó promete. "Mas é segredo que vou te passando aos poucos, como mamãe fez comigo, como eu fiz com Márcia. Tem que ter paciência, sem pressa, precisa fazer exatamente do jeito que eu falar, senão sai outra receita, não a nossa, certo?"

Tem muita vontade de aprender, entende a importância da receita para a avó. Mas, nos primeiros passos, já se embananou toda. É árdua a missão de selecionar os tomates certos, despelar um a um sem queimar os dedos, picar a cebola e o alho em pedacinhos sem chorar. Como é que vó Augusta consegue? Sem contar que o cozimento do molho necessita de vigília cuidadosa, horas passam na dança da colher de pau para lá e para cá no suculento líquido vermelho. E é proibido fazer cara feia, achar ruim: porque comida só é gostosa mesmo quando feita com bom humor, tempero essencial para vó Augusta — que canta e assobia antigos sucessos à beira do fogão.

— Mamãe, se o Bob morrer, ele vai pro céu?

— Por que essa pergunta agora, Miguel?

— Vai ou não vai, mamãe?

— Claro que sim, filho.

— E se eu morrer, eu vou encontrar com ele no céu?

— Ah, meu Deus. Vai, filho. Vai.

— Ah! Não vai nada, é mentira! Aprendi que a alma dos animais derrete, porque eles não têm inteligência, nem livre-arbítrio.

Lá vem o Lucas.

Nos últimos tempos, o primo desenvolveu o hábito de querer desmentir qualquer pessoa da família. É um moleque de corpo desproporcional, cabelo sem brilho, voz fina-grossa-fina e penugem acima da boca — que parece sujeira, mas que ele se recusa a tirar por se considerar um homem. Tudo em Lucas é incabível, inacabado, em construção — e, ainda assim, se tornou um petulante.

— O que é livre-arb... arbriterio?

— É livre-arbítrio, idiota.

— Lucas, por favor, não fale assim com seu primo, olhe a boca.

Márcia intervém com firmeza, enquanto olha para Nelson, na espera de que repreenda os modos do filho, mas o irmão não parece realmente preocupado com o discurso violento do primogênito. Na verdade, nem presta muita atenção, o mais provável é que ignore boa parte do que os meninos dizem.

— Mentiroso! Você está mentindo, e essa pessoa que falou isso também. Quando eu morrer, vou encontrar com o Bob, sim, porque eu vou pedir pro Jesus pra minha alma derreter também, aí eu fico com o Bob. Né, mamãe?

— Sim, filho. Mas agora chega, Miguel, encerramos o assunto, vamos comer. O Bob não vai morrer tão cedo, ele é apenas um filhote, larga de bobagens.

Isabella acha um tanto impressionante a relação que a família mantém com a Igreja. Como alguém na idade de Miguel desenvolve temor e adoração por algo tão subjetivo, tão imaterial como Deus? O que realmente entende sobre essa história toda? Diferentemente dos primos, não foi criada por pais religiosos, não sabe dizer o significado de feriados santos, não compreende o poder dos dogmas. Na verdade, não se interessa muito por nada disso. Os pais, por obrigação social, a batizaram, escolhendo madrinha e padrinho que ela mal conhece.

Quando decidiram colocá-la na catequese, enfrentaram questionamentos desagradáveis da ministra da paróquia e professora de catecismo, nas (várias) vezes que se encontraram — afinal, Isabella era uma garotinha de "perguntas perigosas". Lembra-se de dona Eunice, de como era velha, mas velha diferente da avó, de Teresinha, dona Selma e dona Esperança: era ranzinza, andava toda encurvada, "de tanto se curvar ao Senhor", era assim que, vaidosa, explicava — e floreava — o grave problema na coluna.

Ah! O olhar de dona Eunice era a própria definição de terror para Isabella, carregava ameaças. Era assim: ela esticava o pescoço para a frente, levantando o queixo, as sobrancelhas e os olhos, e então soltava a voz trêmula, arrastando-se nas vogais, fazendo suspense para revelar qual criança escolheria para puxar as orações. Nesses momentos, Isabella desejava diminuir, a ponto de escorregar na carteira e rezar para que não fosse escolhida, por favor, Deus, pois não teria milagre que a fizesse decorar tantas rezas, muito menos a tal Salve-Rainha, predileta da catequista, tão comprida e cheia de palavras.

Sentiu o gosto da hóstia uma única vez: vestida de branco, coroa de flores na cabeça, terço nas mãos, silenciosamente pediu mil desculpas porque, Deus, se o senhor está aí, talvez entenda que não quero mais vir nessas missas demoradas, nem fazer essas aulas chatas, mas sou uma menina legal, amém.

Sem as missas nas manhãs de domingo, Jorge se levantava, colocava um jazz nas caixas de som e, assobiando tranquilo (tal qual Maria Augusta), preparava sanduíches de queijo, torradas com geleia, suco e café com leite. Já Adriana dedicava o tempo aos romances de sua antiga coleção, lendo e relendo trechos em voz alta, acariciando os cabelos de Bella, que se arrastava da cama até o sofá, ensonada.

"A memória é a costureira, e costureira caprichosa. A memória faz a sua agulha correr para dentro e para fora, para cima e para baixo, para cá e para lá. Não sabemos o que vem em seguida, o que virá depois. Assim, o ato mais vulgar do mundo, como o de sentar-se a uma mesa e aproximar o tinteiro, pode agitar mil fragmentos díspares, ora iluminados, ora em sombra, pendentes, oscilantes, e revirando-se como a roupa branca de uma família de catorze pessoas, numa corda ao vento."

Que coisa linda! Virginia Woolf é incrível, não é?, perguntava sua mãe retoricamente, apertando contra o peito os livros desgastados pelas idas e vindas às páginas, ano após outro. A paixão de Adriana pela autora é tamanha que Isabella quase recebeu seu nome — embora Jorge discordasse, desejando que a filha se chamasse Camila. Foram trinta e nove semanas de discussão entre Virginia ou Camila: mas argumentos e apelos não foram tão convincentes quanto os olhinhos amendoados e as mãozinhas delicadas. Assim que viram a filha pela primeira vez, Jorge e Adriana concordaram que nem um, nem outro, o nome dela seria Isabella. "Foi você quem disse como se chamaria, filha."

Adriana sempre ri ao se recordar do bobo desacordo por causa do nome. Teriam tantas outras decisões a tomar dali para a frente, tantas responsabilidades, que as discussões irrelevantes acabaram dando um tom divertido para a gravidez não planejada... Eram recém-formados, viviam o frescor do namoro, tinham acabado de se mudar para o *flat* com os poucos móveis trazidos das respectivas repúblicas estudantis.

Bella conhece a história de como a mãe, que vomitara sem parar por dois dias, descobriu estar grávida, e não com intoxicação alimentar. Já ouvira inúmeras vezes sobre como Adriana passou minutos angustiantes à espera do resultado do teste de urina, momento em que se enxergou diante da bifurcação de sua vida, da vida de Jorge. E então: seguiram pela estrada que indicava o sinal positivo.

— • —

Sente os olhos de tia Márcia pousados nela, assim como tem feito com frequência, de uns meses para cá, em redobrada atenção na busca de tudo aquilo que avalia ser "sinal de melancolia preocupante". Jorge sempre considera o que a irmã diz, mas descarta a parte de seus "discursos clínicos", pois isso de querer achar pelo em ovo já é demais. Afinal, a introspecção de Bella não é novidade alguma, é assim desde pequena, com os pais juntos ou separados. Tentou, por pura teimosia, convencê-la de que deveria se preocupar menos, de que está tudo bem, Adriana e ele estão cuidando para que a filha passe pelo divórcio do modo mais tranquilo possível etc. etc. Mas Márcia é Márcia, nunca baixa a guarda.

— Tá quietinha, Bella, nem ouvi a cor de sua voz hoje, tá tudo bem?

— Ah, sim, tudo bem, tia Márcia, tava viajando aqui...

— Estava pensando, né, claro. Há outra coisa que você e seu pai saibam fazer melhor?

— Deixa a menina, Márcia, há dias em que o silêncio é nossa melhor companhia — Maria Augusta interfere, dando uma piscadinha conscienciosa à neta.

Jorge resmunga, com a boca cheia e os lábios manchados pelo molho; também tem um ar distraído, possivelmente ouve apenas parte do que Sérgio lhe conta sobre o novo sistema de som que instalou em casa. Ajeita os óculos no rosto, típico sinal de que está irritado. Levemente irritado, na verdade, porque reconhece que aquela pergunta — e cutucada — é extremo zelo da irmã. Mas mesmo ele, geralmente tão tranquilo, tem se cansado das interferências, dos comentários que chegam a ser humilhantes. Há meses, os irmãos circulam feito mariposas em torno dos problemas do casamento, do divórcio, medindo cada passo ao que chamam de "nova vida, recomeço" — mas que merda, tudo o que precisavam fazer era tratá-los como sempre trataram, que deixassem de lançar julgamentos semanalmente sobre como têm lidado com as mudanças, sobre como ele respira, sobre como Isabella fala, não fala, come ou deixa de comer. Todo-santo-domingo.

Fosse apenas Márcia, Sérgio, até que relevaria. Mas também tem Nelson. E Nelson, claro, consegue ser insuportável. Pior do que o irmão, só a mulher dele. Ah, Jorge não engole Sarah: pessoa abelhuda, com tendência ao veneno, sempre armada de palavras ácidas, que são magistralmente esfregadas em feridas alheias. Não bastasse ser mestre na arte de fazer arder a dor do outro, ela nem sequer finge empatia, simpatia ou mesmo respeito por qualquer pessoa que seja.

Sim, admite que, ao menos, a cunhada se mantém coerente em seu papel, jamais disfarçou os olhares tortos, está sempre soltando perguntinhas sobre a educação das crianças, sobre as decisões dos adultos. E, ao fim de cada frase, é possível ver no lindo sorriso de Sarah o prazer sutil de ter lançado a discórdia. Vive pela competição, fazendo o que for preciso para não perder, nunca (sendo ela a própria juíza, ninguém é páreo). Na balança da cunhada, o sucesso — especialmente o financeiro — é o que manda, então não mede palavras para falar de seus filhos: os garotos mais inteligentes, atléticos, espertos — até mesmo levados, vai entender? Não se cansa de vangloriar o êxito invejável da construtora do marido (porque sucesso é intrinsecamente ligado à inveja alheia, em suas palavras). Sem contar a pompa que lança ao triunfo de sua butique. Um casal que se merece, afinal, porque Nelson sempre foi ambicioso, sarcástico e abusado.

De seu lugar, Jorge pode ouvir o zumbido da vozinha de Sarah, do outro lado da mesa, falando... coisas. Faz um exercício para ignorá-la, tentando se lembrar do que Adriana lhe dizia sobre a cunhada. Entre suas mil teorias sobre as pessoas, a ex-mulher defendia que todo mundo é irritável e irritante e que Sarah age dessa maneira para se proteger — que é como um porco-espinho assustado, uma patricinha arrancada do berço de ouro no interior, vivendo na grande cidade devoradora de sentimentos indefesos. Além do mais, "convenhamos, Jorge, ser casada com Nelson deve ser uma das coisas mais enfadonhas do mundo, deixe a mulher extravasar um pouco".

Os únicos domingos em que Jorge se diverte com Sarah são aqueles que Bella chama de "domingos de sufoco". É assim: tudo começa com o anúncio de Augusta sobre a visita de Marcelo, Cláudia e as crianças. Basta que pronuncie o nome do primogênito para que todos se movimentem nas cadeiras, inconscientemente incomodados — ou sabem disso?

No domingo de sufoco, a casa é tomada pela atmosfera de ansiedade coletiva, a família veste máscaras de formalidade, com sorrisos mais duros, conversas menos espontâneas. Ficam vigilantes, observando se está tudo certo, se está tudo no lugar. E, quando as visitas chegam — geralmente atrasadas, prolongando ainda mais a espera asfixiante —, todos se levantam para os cumprimentos, com o corpo rígido e: olá, bom dia, como vão, estou bem, estou ótima, sim, estudando, sim, trabalhando, sim, sim, sim.

Isabella tentava entender de onde vinha aquele embaraço que sentia, por que tudo parecia artificial, por que até mesmo os assuntos pareciam vestir terno e gravata? Foi quando percebeu que, aparentemente, a simples existência da família de tio Marcelo — e seu poder, seu requinte — faz com que todos se movam do lugar confortável e habitual que ocupam nas outras semanas do mês. Assim, tio Marcelo, tia Cláudia e os primos são uma espécie de corpo estranho, e os domingos ao lado deles são sufocantes.

É por isso que Jorge se diverte: porque, mais do que ninguém, Sarah se desdobra para parecer agradavelmente... submissa. Nesses dias, enfeita-se com ainda mais balangandãs, perfuma os meninos, diz apenas aquilo que sabe que vai agradar a Cláudia e elevar o ego de Marcelo. Nelson, por sua vez, volta a ser o segundo-irmão-mais-velho, apenas o segundo, com a bola rebaixada, com o sorrisinho amarelo.

De todos, Augusta é a única sinceramente feliz com as visitas, embora tenha de lidar com a mania da nora de preparar comida exclusiva para Thales e Manuela. Nutre a esperança de que ela não apareça na cozinha, mas Cláudia sempre chega, com objeções, justificativas e a bolsa térmica, de onde saca lasanha congelada, macarrão instantâneo, bolachas recheadas e outras variações de alimentos que deixam o coração da avó arrepiado.

Contrariada — pois que coisa é essa de não comerem a comida de verdade que ela passa horas cozinhando com carinho? —, oferece-se para preparar algo rapidinho para os netos, quem sabe uns filés de frango bem fritinhos, um mexido gostoso? Vez ou outra, dá certo, Cláudia aceita e agradece. Mas, na maioria das ocasiões, é vencida por aquelas porcarias que jamais consideraria fazer para ninguém, ninguém mesmo, muito menos seus netos. "Sabe como é, dona Maria Augusta, Thales e Manu esperam a semana toda para comer algo diferente, Marcelo insiste que a gente faça essa vontade, não tem problema um dia só." Enfim, redobra a paciência, fingindo acreditar que aquilo é apenas vontade das crianças de comerem coisas prontas. Uma balela, pois é uma mulher idosa, não estúpida.

Os filhos pensam que a enganam, mas percebe o movimento em torno da ideia descabida de que ela tem ficado cansada de preparar o almoço para todo mundo, de que está velha demais para cozinhar sozinha, de que deveriam dar fim aos domingos na casa dela. Como se não os conhecesse, como se fosse surda, incapaz de pescar um ou outro comentário. Na verdade, tanto sabe o que andam dizendo por aí que, inclusive, tem noção de que tudo isso começou com Marcelo, logo ele, que mal aparece. O primogênito tem esse jeitão de querer dar comandos, sempre foi assim, desde pequeno tomava as rédeas dos irmãos. Agora, veio com essa, questionando a necessidade de "continuarem a dar esse trabalho para a mãe": ah, sim, pode até imaginar como apelou para que os outros se sentissem culpados.

Grande bobagem, afinal, se realmente estivesse preocupado com seu bem-estar, teria vindo falar diretamente com ela, pois não está morta. Além do mais, se fosse mesmo pelo seu conforto, ninguém, nem mesmo Marcelo, tentaria afastá-la da cozinha, especialmente com esse papo furado de que dá muito trabalho. Ora essa, é claro que dá uma trabalheira danada, mas não é segredo que encher a mesa aos domingos é um de seus maiores prazeres.

Uma desconsideração, é isso que pensa. Se deixassem de visitá-la aos domingos, também lhe arrancariam os pequenos prazeres dos preparativos: as compras, a escolha dos ingredientes, a arrumação da casa, o tempinho dedicado ao longo da semana para pensar em agrados especiais para cada um deles. Ela, a casa e a comida, tudo vai sendo preparado, de segunda a sábado, em um ritual que a mantém viva, feliz, ocupada.

Irmã dessa ideia insultante de Marcelo é a insistência de Nelson em contratar uma enfermeira para lhe fazer companhia — "pelo menos à noite, mamãe". E ela não sabe o que isso significa? Pois é sempre assim, começa com a acompanhante, depois vêm as dosagens de remédios, o tratamento infantilizado — que, só de pensar, lhe causa horror — e, então, o controle diário de seus passos. Não, de maneira nenhuma, que eles insistissem o quanto fosse, enfermeiros são para gente velha. "E eu não sou essa velha que você está pintando!", repete ao filho. Apesar do corpo mais vagaroso, é saudável o suficiente para as atividades básicas em casa; além do mais, já aceitou a faxineira, poxa vida, nunca se dariam por satisfeitos?

Até Márcia anda mexida com esses pitacos dos irmãos, bem tenta disfarçar, mas não consegue — como nunca conseguiu. Vem agradando, comendo pelas beiradas, mas logo começa aquele interrogatório. Espera aí, com quem acha que está falando? Com um de seus pacientes? Não, sou sua mãe, sei exatamente quais as motivações para perguntas como: quando foi a última vez que aferimos a pressão? E a glicose? Você se lembra que te liguei ontem, quem mais ligou? O que você fez para comer na terça-feira à tarde?

Ora, se os cinco soubessem... se soubessem como se sente ultrajada pelos olhares vigilantes, pelas conversinhas travestidas de cuidados: não faça isso, não coma assim, não pode isso, não vá sozinha, não e não e não. Quem são eles para tratá-la como se não tivesse mais capacidades? Ainda é nova para que a coloquem nesse triste espaço de invalidez. Sente-se perfeitamente bem, embora, é claro, não tenha o mesmo vigor de outrora, mas continua ali, completamente lúcida. Além de tudo, ora, pretende viver outros muitos anos, e o mínimo que deseja é que os filhos respeitem quem foi e é.

Pensar nisso a faz se sentir ainda mais sozinha. É tão triste que parece sair enfraquecida de tais reflexões. Suspira de um canto a outro, pedindo paciência a Deus, então vai até a mesinha do telefone, pega o retrato do marido, desejando que pudesse tê-lo a seu lado, pois seria tão mais fácil se ele estivesse ali, compartilhando com ela as chateações de envelhecer, de se tornar filha dos filhos. Adolfo, coitado, com certeza ficaria bravo, não era homem de se dobrar. Mas lá está ele, atrás de um vidro, distante de tudo isso, morto há quase duas décadas. Abraça a foto, dá um beijinho no amado, que a encara sem carne, osso e calor.

"Você bem que podia ter esperado um pouco mais, né, homem? A gente não tinha combinado desse modo, ir embora tão cedo e me deixar aqui, com essa saudade grande, por tantos anos seguidos..."

Quando o conheceu, Adolfo carregava esse mesmo olhar da fotografia. Apaixonaram-se na praça do bairro, nas longas conversas diante da fonte, achando a maior graça daquele anjo gorducho e nu, jorrando água pela boca. Naqueles tempos de namorico, sonhavam um futuro em que tudo seria possível, em que tudo tinha um brilho hipnotizante.

Para ficarem juntos, venceram certos obstáculos, pois Adolfo vinha de família abastada, diferente da sua que morava na parte mais desprestigiada do bairro. O pai de Maria Augusta era padeiro, e a mãe, dona de casa, ambos muito pudicos, impondo disciplina rigorosa em casa. Suas irmãs Célia, Ivone e Conceição, todas mais velhas que ela, viviam em um mundo diferente: focavam seus esforços no aprendizado da costura, esperavam ansiosas pelo casamento dos sonhos, planejavam detalhes da futura vida doméstica, com cozinhas de fórmica, panos de prato branquinhos, sofás coloridos — como aqueles que viam nas revistas.

Já Maria Augusta não dava a menor bola para tais ideias, gostava mesmo era de ler romances de aventura, enquanto nutria o sonho secreto de se tornar arquiteta. Crescera nessa casa sentindo-se uma estrangeira. Até que conheceu Adolfo e encontrou-se na companhia de alguém que compreendia seus sonhos modernos.

Três anos depois, sentava-se à mesa com os pais e as irmãs e sentia náuseas, não só pelo mal-estar físico, mas por saber que traíra os planos de ser arquiteta. Convencida de que não teria outro modo de resolver a questão, sentou-se com Adolfo na praça de sempre e desabafou sobre as regras atrasadas. Tinha apenas dezoito anos.

Três meses depois, casaram-se em uma manhã chuvosa, com poucos convidados e uma recepção discreta na casa dos sogros. Foi uma cerimônia bonita, estavam apaixonados — e, acima de tudo, aliviados.

Então nasceu Marcelo, com grandes bochechas e grande fome. Foram tempos difíceis, um tanto desolados e desoladores. Cuidava do filho e de todos os detalhes diários para o perfeito funcionamento da casa, enquanto Adolfo trabalhava na empresa do pai, no primeiro turno, e estudava no restante do dia. Quando o marido se formou engenheiro, Maria Augusta carregava o segundo filho em uma enorme barriga.

Foi-se acostumando à rotina, à ideia de ser mãe, fazendo-se íntima da sensação de alegria ao ver os filhos crescendo, aprendendo, cada um a seu modo. Apesar disso, a febre pela arquitetura nunca a abandonou. Para agradar, Adolfo lhe comprava livros e revistas todas as semanas, assim, pelo menos, poderia acompanhar as discussões e o que havia de mais atual no universo das construções, do design.

Quando os filhos eram adolescentes, finalmente convenceu o marido a reformar a casa, que havia sido presente de casamento dos sogros. Assim, redesenharam tudo do jeito que ela imaginava: Adolfo fez os cálculos, mas o projeto, os toques arquitetônicos modernos, os ares irreverentes, tudo aquilo veio da cabeça de Maria Augusta — que, então, viveu uma das experiências mais apaixonantes de toda a sua vida.

E qual não foi a alegria quando soube que Isabella decidira tentar o vestibular para Arquitetura! É claro que, antes disso, já notara a inclinação da neta e, por isso mesmo, deu formas mais concretas ao interesse dela. Incentivou-a, apresentando-lhe grandes projetos, repetindo-lhe nomes que admirava: Jane Jacobs, Lina Bo Bardi, Paulo Mendes da Rocha e tantos outros nortes profissionais.

Ah! Tantas décadas depois e a neta renova a possibilidade de seu sangue — ao menos, seu sangue — ter a experiência magnífica de assinar projetos, criar beleza no mundo. Em Isabella, mais uma vez, Maria Augusta se encontrou. Pode ver-se refletida nos olhos da neta: ali, ali está ela. Uma mulher que teve coragem, uma mulher que precisou seguir um caminho diferente do idealizado, que assumiu o que quase ninguém reconhece, o trabalho invisível, mas vital, basilar: a arquitetura de uma família.

— • —

Isabella deixa o pote com bolachinhas e a garrafa de café no centro da mesa e novamente se senta ao lado de Jorge, que ri de alguma coisa que Sérgio conta animadamente. Assim que se aproxima, o pai faz cafuné em seu cabelo, mania que mantém quando está relaxado, um carinho de quem diz: eu vi que você está aqui, te amo.

— Vou te falar, Sérgio, qualquer dia você ganha um prêmio por ser tão cara de pau. Só você mesmo!

O humor dele está transformado, leve. Já entre as tias, pela feição que carregam, o tema é mais grave — chegaram àquele momento do domingo em que conversam quase sussurrando. Já havia desconfiado de que isso acontecia pelo jeito de Márcia entrar na cozinha, apressando o café, coisa de quem está querendo fugir, ir embora. Fosse chutar, Isabella diria que estão falando sobre os últimos exames de vó Augusta. E, se for, *tia Márcia deve estar realmente incomodada, coitada.*

Jantaram no restaurante japonês próximo ao hospital — e da casa da tia — na última quinta-feira. Entre um sushi e outro, Márcia pediu discrição quanto ao assunto, pois a alteração no colesterol a preocupava, sim, mas não era caso para grandes alardes. Queria evitar o drama, as chateações que enfrenta em todo *check-up* de Augusta — que vem sempre seguido de mil sugestões de Nelson, "engenheiro muito sabido de medicina aquele ali, viu?". Antes de anunciar ao restante da família sobre os resultados e qualquer outra coisa, havia decidido consultar uma amiga cardiologista. "Marquei com a secretária de levar mamãe para a doutora Amanda vê-la, na próxima semana. Enquanto isso, por favor, não comentem nada com ninguém."

Naquela noite, no caminho para casa, o silêncio de Jorge ressoava no carro, enquanto Isabella pensava no quanto seria maravilhoso poder voltar a enxergar a velhice como quando era criança. Queria tanto acreditar que a avó não adoeceria, que não morreria, que nada de mau poderia acontecer a ela, nunca! Afinal, para onde iria tudo aquilo que não é enterrado: a voz doce, a sabedoria imensa, o ritual de colocar uma xicarazinha de café ao São Benedito todas as manhãs, o abraço quentinho, os chás no fim da tarde, a comida com bom humor, as conversas gostosas com as amigas, o aroma floral de seu perfume predileto, o doce de leite em pedaços, a compreensão absoluta de tudo e de todos?

Como ficariam sem o alicerce da família?

Já na garagem do prédio, aguardando o elevador, Jorge soltou o comentário. "Sua vó é forte, vai ficar bem, essas alterações são esperadas para a idade." Balançou a cabeça, concordando: sim, tudo ficará bem, papai, porque vó Augusta é um anjo.

— • —

Maria Augusta termina de guardar as louças nos armários. Quase todos já voltaram para casa, para a vida cheia de compromissos — e, agora, começa mais uma semana de espera, de preparos. Certa vez, desabafou a angústia do fim dos domingos com Teresinha, que ouviu tudo com os olhos semicerrados, tragando o cigarro. "Sabe, Augusta, há muito tempo entendi que a solidão parece insuportável, mas o encontro pode ser ainda mais. Porque, ao contrário da solidão, a união é cheia de fim."

Nunca mais se esqueceu disso. Mas guarda tais pensamentos junto das louças, apressando-se para aproveitar o restinho do dia com Bella e Jorge, que ainda estão em casa. Chega à sala e encontra o filho dormindo no sofá, enquanto a neta — como imaginava — está sentada à janela.

— Vó, vem cá, olha só, seu Manoel está chegando em casa com uma faixa na cabeça, o que será que aconteceu?

— Ah, meu Deus! Será que ele caiu, coitado?

O filho de Manoel olha em direção ao sobrado, acena para as duas e logo se volta para abrir o portão com uma das mãos, enquanto segura o corpo franzino do pai com a outra.

— Amanhã dou um jeito de saber o que aconteceu, ver se precisam de ajuda...

— Pelo menos ele parece bem, né, vó? Tá andando do jeitinho de sempre.

— Sim... bom, depois eu vejo isso. Mas e aí, estou para te perguntar o dia todo e não consegui: como vai sua mãe, não tenho notícias dela faz uns dias. Está no Rio?

— Tá lá, fica até terça. Não tem muita novidade, vó, está animada, conheceu um pessoal da equipe ontem e tal.

— Coisa boa, fico tão satisfeita, Adriana é esforçada, merece! E ela já achou um apartamento?

— Não, ainda não. Tá procurando. Por enquanto, tem ficado lá no tio Nuno ou em algum hotel perto da agência. Ela até viu algumas opções de que gostou, mas ou estão muito caras, ou ficam muito longe, enfim...

— É, tem que ver com calma, porque não é fácil fazer uma mudança tão grande. Mas ainda falta tempo, as coisas vão se ajeitando, você vai ver.

Sim, é o que tem ouvido de um lado e de outro: que a vida vai se realinhar. Mas como seria? Como seria tudo no próximo ano? Realmente se mudaria para o Rio? Ou continuaria morando com o pai? Não tem vontade de sair da cidade, deixar a escola, os amigos, a casa onde vive, seu quarto, as aulas de balé, a avó... mas e a mãe? Teria alguma opção, algum caminho em que não se sentisse pela metade?

Isa. Bella. Filha dividida.

Mas, bem, precisa acreditar na avó, nos pais. Tudo, enfim, se arranjará, de uma maneira ou de outra, e ela aprenderá a viver sob novas perspectivas. Está envelhecendo, *não era isso que tanto queria quando era criança?* Sente as mãos de vó Augusta sobre as suas. Mãos quentinhas, experientes em manchas e veias, mãos tão amorosas.

Na rua, as maritacas, que retornam às árvores, cantam forte enquanto um carro passa languidamente nos paralelepípedos.

— Vó, você já sentiu saudades de alguma coisa enquanto ela ainda estava acontecendo? Quando ainda não tinha acabado?

— Hummm. Algumas vezes, muitas vezes. Eu acho que isso é como... flagrar a felicidade. Acho que só quem é feliz sente saudade, no fim das contas.

Então é isto o que sente: felicidade. De repente, o horizonte parece menos turvo. Afinal, mesmo que se mude, mesmo dividida, *há lugares de onde nunca saímos*, conclui, abraçando o pequeno corpo de Augusta. Na mesinha ao lado, a cumbuca de porcelana guarda o doce predileto. Algo delas. Só delas.

OMO
LA
RA

Que fazem no domingo os mortos?

Omolara já se fez essa pergunta inúmeras vezes, pois lhe parece que domingo é a própria morte da semana, então imagina a mãe, a irmã e o cunhado acolhidos no descanso gostoso, como se também pudessem se sentir como ela: o corpo recuperando energias, a pequena felicidade de acordar sem a pressa da rotina, os longos almoços com Abayomi e Akin. Sim, aos domingos, os mortos estão mais presentes — nesse seu modo de entender as coisas, maneira que inventou, ao longo dos anos, de recriá-los diante de seus olhos, próximos de si e da família.

Talvez a criatividade seja sua única ligação com o que chamam de fé: uma fé diferente da cultivada por seus ancestrais e os ancestrais de seus ancestrais, porque o que dona Zica vivia repetindo — a ela e a Bolají — era que a morte não é o ponto-final. "Entendam, meninas, a morte faz parte da vida, é um ciclo só, não existe uma coisa sem a outra. Àiyé, Òrun são universos separados apenas por uma fina película, sim?" Sabia de tudo a mãe, que há anos partiu para viver junto de espíritos, guias e orixás; ao menos era assim que dizia que aconteceria. A mãe e os versos de Ifá.

Mas agora.

É uma mulher de quarenta e quatro anos sem mãe nem irmã, elas que se foram para outro universo, para o lado místico da vida. "É um mistério, minha passarinha, mas acho que iremos para onde acreditamos que iremos", respondeu à sobrinha, anos antes, quando Abayomi era tão pequena quanto sua curiosidade nunca foi: os olhos pretos e enormes tinham aquela ânsia constante de saber o destino de mamã e papá. Aonde eles foram? Por quê?

Como falar sobre a morte para duas crianças?

Questionou-se por muito tempo sobre a decisão de reinventar a morte de Felipe e Bolají com os sobrinhos, já que ela, praticamente a única referência familiar que lhes sobrara, não fazia a menor ideia de onde realmente estariam — e se estariam. Mas, aos vinte cinco anos e tutora legal de duas crianças pequenas, assumiu a tarefa não só de educá-las, mas também de ajudá-las nas reflexões em torno dessa ausência tão presente.

Às vezes, pensava se não teria sido melhor ter-lhes afirmado que mamã e papá viviam em um mundo espiritual, um mundo que implica este nosso, segundo descrevia a avó materna. Ou seria mais conveniente ter-lhes instruído que existe Céu, Inferno, o chamado Dia do Juízo Final em que os justos serão salvos, conforme dita a indiferente avó paterna?

Não. Omolara não quis seguir o caminho de respostas intransigentes, intransitivas. Por isso, ao longo do tempo, as explicações (intermináveis) sobre o que é a morte e como é amar apesar da morte foram elaboradas por Abayomi e Akin. Foram os sobrinhos que ensinaram a ela que, apesar da falta do corpo, do abraço, estão todos ligados, para sempre reunidos na linhagem de sangue e histórias.

Nos primeiros anos, pela crença de que a morte é exatamente como a imaginação diz, Bolají e Felipe habitaram terras coloridas, ensolaradas, com balas, bombons, cachoeiras, fadas, super-heróis, seres de luz, campos de árvores frondosas em que estavam sempre felizes e de onde podiam observá-los, seus filhinhos, do outro lado da vida. Quando anoitecia, conversavam e brincavam com a Lua e as estrelas, ao lado da vovó Zica.

Com o correr do tempo, a ausência foi mudando de cor, de formato, de discurso. A perda dos pais ganhava novos significados enquanto Abayomi e Akin cresciam, enquanto Omolara aprendia a ser mãe sem parto, sem a expectativa da espera.

Mãe nascida da morte de outra mãe, mãe nascida da dor.

"Não existe mãe que não sofra de muitas aflições, minha filha, agora levante a cabeça e respire fundo. Seja forte. Sua menina escolheu vir para cá, escolheu você, escolheu nossa família — então, honre a escolha dela. Ela ficará bem e será a sua maior alegria", ouvira dona Zica dizer a Bolají logo que a sobrinha nasceu, prematura.

Abayomi, aquela que traz felicidade, segundo a língua dos iorubás, tronco principal da ancestralidade da família. Nome que a menina apresentou ao mundo.

Alegria e valentia, Abayomi e Akin. Seus sobrinhos, seus filhos. Quanto orgulho tem do que se tornaram, do que foi capaz de descobrir ao lado deles. Sobrinhos-filhos. E se a irmã e o cunhado estivessem mesmo olhando por eles, neste exato momento, neste domingo de sol, se sentiriam realizados, é certo que sim.

— • —

Acelera o carro até a velocidade permitida na pista, olhando vez ou outra pelo retrovisor para trocar de faixa. Faltam vinte minutos para o início da competição, e por nada neste mundo podem se atrasar. A sobrinha, distraída, digita no celular desde que saíram de casa. No som do carro toca a *playlist* "Colcha de retalhos", que os três fizeram juntos no aplicativo de músicas, uma reunião eclética dos gostos musicais da família, que percorre MPB, samba, *hip-hop*, *jazz*, pagode, pop internacional, *indie* e *blues*.

Neste momento, canta uma das artistas independentes de que Abayomi fala com tanto entusiasmo, ela que "adora adorar bandas que ninguém conhece", como brinca Akin. A letra é bonita, ainda que bastante triste. *E quem melhor do que um artista para falar sobre o que há de mais difícil no mundo?* A tristeza. É preciso olhar nos olhos da tristeza. Omolara sabe a inevitabilidade disso, há tantos anos trabalhando com traumas, dores, violência e morte, acompanhando pacientes em becos de memórias que urram. Como psicóloga, conhece a capacidade humana de suportar o que parece insuportável: força que encontra, principalmente, nas reuniões com mães que perderam filhos, mulheres que experimentam o pior da Terra. São elas, suas heroínas invisíveis, que a inspiram a se levantar e a lidar com as próprias feridas.

"A senhora, doutora, ajuda tanto a gente! A senhora também não conhece a dor do luto? Pois, então, a gente é como se fosse uma coisa só." Uma coisa só, todas elas: um só corpo que vive e sobrevive em Àiyé.

Vai para a faixa da esquerda, agora falta pouco para chegarem. Abayomi olha para a tia, sorri, dando leves batucadas com os dedos no painel do carro.

— Voltei tarde da casa do Dan ontem, mas acho que te ouvi chegando, já eram mais de duas da manhã, não?

— Sim, acabei indo pra casa do Carlinhos depois da reunião do diretório, pedimos uma pizza, combinamos mais algumas coisas para essa semana...

— Hummm. Entendi, entendi... É com ele que a senhorita tanto conversa, pra não largar o celular desde que saímos?

— Com Carlinhos e com todo mundo, né, timã? Tô aqui agitando uma galera que não se move, a gente precisa fazer os protestos ainda esta semana, é um absurdo o que tá rolando, pichações racistas em universidade pública? Era só isso que faltava!

— É um absurdo, intolerável!

— Nem me fale, timã... Que raiva! Mas não podemos nos paralisar. Por isso, tô panfletando aqui pra ver se o povo acorda e faz volume. Na sexta, fui entregar o abaixo-assinado ao reitor. Já fizemos um barulho, foi bom. Ontem de manhã, fizemos aquela reunião que te falei, com o pessoal de outros centros acadêmicos. Acho que vai rolar!

— Ah, te ouvir é como ouvir Bolají! Sua mãe diria o mesmo, ela sempre foi como você. Não tenho dúvidas de que tem muito orgulho da mulher que se tornou, passarinha!

Abayomi herdou não só a voz grossa, os cabelos e o formato do rosto de Bolají, mas também o entusiasmo, a inteligência, a mania de citar nomes de filósofas, de artistas: para todas as ocasiões, uma frase brilhante, um pensamento vivaz. A sobrinha carrega essa força incessante, inflamando-se contra injustiças, em defesa das causas em que acredita. Mesmo fisicamente distantes há tantos anos, mãe e filha compartilham ídolos, ideias. Por isso, no quarto de Abayomi estão todos os livros de Bolají, dispostos nas estantes, presentes em sua fala.

Não há herança mais importante do que esta, afinal: paixão, conhecimento, sede de luta, resistência — Omolara não tem dúvida. Por isso, sempre fez questão de transmitir aos sobrinhos o senso de justiça que a irmã defendia, o arrebatamento que possuía seu espírito, a força que transbordava em tudo: nos olhos ardentes, nos ombros largos, em cada palavra dita e não dita. "Porque, quando a mulher negra se movimenta, toda a sociedade se movimenta com ela", pode ouvir Bolají repetindo a frase de Angela Davis, seu mantra.

O GPS marca quatro minutos até o destino. Abayomi aumenta o volume, e a potente voz de dona Ivone Lara enche o carro com "Sonho meu". Cantando e acelerando, Omolara sente o estômago formigar pela proximidade de mais uma competição de Akin. *Estamos quase lá.*

— Timã, acho que o Wag falou daquele estacionamento ali, ó, parece que é o único que ainda tinha vaga.

— Bom, então vai ser esse mesmo... senão, vamos nos atrasar.

Estaciona, olha o retrovisor e repassa o batom rapidamente. *Dezesseis anos depois e a mesma adrenalina...*

Na primeira vez que levou Akin a um campeonato de natação, ele era um menino agitado e magrinho, muito diferente do rapaz tranquilo de hoje, em seu um metro e oitenta e sete. Na ocasião, estava ansiosíssima, mas também ficou chocada. A princípio, matriculou-o para que trabalhasse o corpo, a mente e, assim, afastasse pequenos sinais de hiperatividade, que a alertaram. Mas — quem diria! — não poderia ter acertado mais em tal incentivo, já que o esporte acabou se tornando a grande paixão do sobrinho.

"Timã, eu posso nadar para sempre, posso?"

Abayomi apressa os passos, caminhando entre os bancos da arquibancada, que já está cheia a essa hora. Avistam Wagner a distância, ele e o apito amarelo de sempre, pendurado no pescoço, seu amuleto da sorte. Omolara acha gracioso, o rapaz é uma das pessoas mais supersticiosas que conhece, mas o amor que dedica aos sonhos do namorado é o que ela acredita ser seu maior poder.

— Ai, finalmente, gente! Estava surtando aqui sozinho!

— E aí, querido, viemos o mais rápido possível. Para variar, dei uma atrasadinha na hora de acordar. Como ele está?

— Tranquilo como o próprio Buda. Não dou conta disso! Como pode?

— Ah, meu filho, meu irmão é um ser superior! — brinca Abayomi, sentando-se. — Meu, sabe aquele Umberto Caldeira, que treinou no clube uns tempos atrás? Parece que vai competir na de cem metros!

— Nem me fala, Abayomi! Tô sabendo disso, o cara é um monstro.

— Calma, meninos! Akin se dedica tanto, vamos confiar.

"Mana, este é seu sobrinho, Akin: valente, guerreiro, herói", Bolají pronunciou sete dias após o nascimento de seu menino — que carrega a força do nome. *Mais uma batalha pro nosso guerreiro, Bô.*

— Ai, Omolara, só você, viu? Tá certa, pensamento positivo. Se depender das minhas rezas, simpatias e do amuleto, ele já ganhou.

— Já vi meu sobrinho perder muitas vezes, isso não ensinou somente a ele, mas a mim também, faz parte do jogo.

Mas Akin tem se superado. Não foi ele mesmo que disse, dia desses, que conseguiu bater seu tempo recorde?

— Sim, melhorou bem. Estava todo empolgado, os olhos dele até brilham de alegria...

Os olhos de Akin.

"Por que não ganho nunca, timã? Papá e mamã não podem me ajudar, não?"

As lágrimas encharcavam os olhos de Akin, que, antes de soltar a interrogação dolorida, se recusara a falar qualquer coisa desde a saída da competição, olhando pela janela durante todo o trajeto de volta para casa, visivelmente chateado. Assim que fez a indagação à tia, despertou a feição assustada de Abayomi, a seu lado no banco traseiro do carro. Omolara olhava-os pelo retrovisor, sentindo-se impotente. Permaneceram os três em silêncio.

De lá para cá, Akin passou por muitas outras derrotas antes de começar a colecionar vitórias — ainda que perder continue sendo uma possibilidade toda vez que se aproxima da borda da piscina. Entre insatisfações e medalhas, Omolara ainda guarda a voz infantil baixa e soluçante, as mãozinhas tentando enxugar o rosto, a pergunta que não a deixou nunca mais.

Como explicar a inevitabilidade do fracasso para duas crianças? Como dizer que, sim, há de se perder muito nesse mundo, apesar de tudo ser soma em uma vida somática? Ao chegar em casa naquele dia, envolveu o corpo de Akin, desejando acabar com sua tristeza; mas sabia que as lágrimas derramadas seriam dele para sempre, porque se chora para dentro, ainda que a água escorra pelos cantos da pele.

Perdas são tão íntimas, perdas fluem para lugares invisíveis.

Omolara respirou fundo e pediu que ele nunca duvidasse de sua capacidade, de sua força — muito menos de que seus pais não o ajudassem, pois eles estão sempre olhando por ele, por ele e Abayomi. "Sabe, peixinho, você ainda está nadando no raso de uma piscina muito maior e muito mais profunda do que essas que a gente vê no clube. Existe muita água para você nadar nesse mundo, tenha paciência", disse-lhe então. Até que o menino se soltou, saindo do abraço com o rosto cintilante. De repente, estava revigorado, como se houvesse bebido a goladas a ideia de que poderia continuar.

E poder é mais do que dever: por isso, crianças são mestres na arte de reerguer-se, adivinham essa sabedoria em si.

Aliás, foi pouco depois dessa passagem que Omolara decidiu especializar-se na área do luto. Já fazia tempo que queria voltar a estudar, mas demorou alguns anos após a morte da irmã para criar estabilidade suficiente e encarar um novo desafio profissional.

"Se a dor é sempre inédita, terei muito trabalho pela frente." Assim, o luto tornou-se sua luta, seu mar profundo, água em que aprende a mergulhar todos os dias, orientando e auxiliando outras pessoas — e a si mesma — a lidar com o vazio transbordante das perdas.

— • —

— Reservei uma mesa na cantina hoje, meninos, faz tempo que não vamos, né?

— Arrasou, Omolara!

— Ai, que delícia, timã! Já deu até fome, adoro aquele antepasto de berinjela.

— Bom dia a todos. Os atletas já estão presentes e daremos início às competições de hoje com os cinquenta metros borboleta. Começaremos em instantes.

Os alto-falantes reverberam a voz do homem de camiseta azul, ao lado daqueles que parecem ser o árbitro geral e os juízes de partida e nado. O tom maquinal em nada se assemelha ao ânimo da plateia. Omolara poderia cantar um samba com as notas do tambor que carrega no peito, a adrenalina se revelando pelo suor nas mãos, nas axilas.

Este é sempre o pior momento, o de aguardar a prova de Akin sem deixar que a ansiedade a devore. Nesses minutos de espera, é como se o mundo a abraçasse em câmera lenta, como se fosse impossível atravessar os minutos.

— Olha o Fernandinho ali! Vou fazer um vídeo da prova!

— Nossa, faz tempo que não o vejo, nem me lembro quando apareceu em casa da última vez.

— Ele estava treinando em um clube de Belo Horizonte, timã, mas voltou pra cá de vez. Diz o Akin que está nadando pra caramba.

Abayomi busca o melhor ângulo para o vídeo, focando a tela do celular, enquanto Omolara se distrai com os arredores: parentes e amigos batem palmas, gritam incentivos aos atletas que saem do vestiário, arrumando os óculos, fazendo os últimos ajustes nas toucas, alongando braços.

Competições sempre a instigaram, especialmente pelo abalo que geram no dia, na semana, na vida das pessoas, de todas as envolvidas. De repente, o resto do mundo perde qualquer importância, ficam todos mirando para um único ponto — na expectativa de alegria ou de tristeza, de vencer ou perder, dois movimentos que são parte da mesma coisa. Omolara sempre fugiu de campeonatos, desde criança, ao contrário da irmã, que adorava.

Bolají repetia que era preciso aprender a ouvir a adrenalina, que isso era parte do autoconhecimento. Afinal, dizia, se a gente não sabe ouvir o próprio corpo quando ele está cheio de energia, de atenção, de garra, como poderíamos em outros momentos? "E a vida é competição, maninha, não há como escapar disso, você precisa treinar. Ainda mais sendo mulher preta, a gente aprende de um jeito ou de outro."

Então aqui está ela, praticando tal habilidade — na vida e neste domingo, em que lida com a iminência da derrota ou da vitória do filho de Bolají. *Você cochichou esses segredinhos nos ouvidos de seu caçula, né, mana? Akin é como você...*

Os primeiros nadadores do dia saltam na piscina. Fernandinho nada na raia três e destaca-se dos demais desde os primeiros instantes da prova, deixando uma diferença confortável do segundo colocado. É amigo de infância de Akin, os dois eram inseparáveis — até o pai de Fernando flagrar um afetuoso beijinho na bochecha entre os meninos e transtornar-se.

"Escuta o que estou falando, esse moleque está proibido de entrar na minha casa, você me entendeu? Você deveria ensinar seu sobrinho a ser homem. Aliás, deveria se casar. Talvez, com a presença de um macho em casa, ele aprenda a ser um." Com o tom cortante, bateu a porta diante de Omolara e Akin.

Como explicar o machismo, a heteronormatividade e o preconceito a uma criança?

Pois a mão que bate a porta por falta de amor uma vez não hesita em bater a segunda: assim, aos dezessete anos, Fernandinho foi expulso de casa por ser quem é.

Como entender a violência de corações trancados à presença daqueles que deveriam ser amados? Como entender tamanha covardia?

Em movimentos ritmados, os braços de Fernando sobem ao mundo seco e caloroso, logo retornando à úmida e íntima realidade da água. Sem grandes surpresas, confirma o primeiro lugar. *Será que estão aqui, vivendo esse momento tão importante para o filho? Será que já se arrependeram?*

— Atenção: na sequência, teremos a prova dos cinquenta metros livres, serão seis nadadores na disputa. Dentro de poucos minutos.

Bandeirinhas, faixas, apitos, palmas. Tudo se mistura ao som da música animada que brande dos alto-falantes, e o coração de Omolara aos pulos, aos berros. Então imagina a irmã sentada ali, a seu lado, acalmando-a, lembrando-a de respirar e ouvir o corpo. Ah, ela está sorrindo, satisfeita por Akin poder fazer o que mais gosta, orgulhosa pela presença de Abayomi na arquibancada. Sabe que é isto o que Bolají pediria, se pudesse: que cuidasse para que seus filhos nutrissem amizade incondicional entre eles, que sua menina e seu menino se protegessem e fossem força um para o outro, da mesma maneira que as duas haviam sido por toda a vida. Bolají e Omolara, irmãs e melhores amigas.

— Vamos receber os atletas para os cinquenta metros livres. Por favor, pedimos que os treinadores encaminhem os participantes sem atrasos.

Akin entra e coloca-se diante da raia quatro, dando tapas no peito. Os segundos que antecedem a prova carregam todo o silêncio do mundo, enrijecendo os corpos de todos os espectadores.

Ao sinal, os atletas se atiram na piscina, submergindo-se em movimento, retornando à superfície após o impulso. A largada de Akin é boa, essa é uma de suas marcas. Como de costume, segura um pouco o ritmo nos primeiros metros, acelerando as braçadas aos poucos. À frente dele há dois nadadores, ambos de touca azul.

Depois da virada, consegue passar o atleta da raia cinco, a disputa aperta, as braçadas de todos parecem mais ambiciosas. Omolara segura a respiração como se também estivesse embaixo d'água, pressionando uma mão contra a outra, mas a vontade é de poder empurrar o sobrinho para a frente, para o fim. *Ai, que agonia!* Abayomi grita e grava a prova, tudo ao mesmo tempo, o que faz com que a imagem fique trêmula pelo vigor da torcida. O som do apito de Wagner não parou desde o primeiro instante: tem as bochechas infladas e os olhos arregalados mirando a piscina.

Vamos, vamos, você está quase conseguindo, filho! O peito de Omolara estremece ao perceber que o primeiro colocado se adianta ainda mais. Suas mãos buscam o braço de Abayomi, apertando-a com aflição.

Segundo lugar.

— Valeu, maninho! É prata! Abayomi grita, dando *zoom* na piscina, focando o irmão ainda dentro d'água, e então percorre a câmera pela arquibancada, na sequência.

Murilo, treinador de Akin, alcança-o, fala algo em seu ouvido, e os dois somem para dentro do vestiário.

— E aí, será que conseguiu seu recorde?

— Também estou curiosíssimo, Omolara!

— Ah, olha só, o nadador que ficou em primeiro lugar é o tal do Leandro Álvares, o pessoal aqui no grupo disse que ele está entre os melhores da cidade!

— O Akin me falou desse Leandro. Me deixe ver a cara, peraí... humm, acho que nunca vi. Mas, gente, sei não, acho que ele deu uma segurada nessa prova, viu?

— É, talvez, Wag. Acho que o foco dele realmente não era a de cinquenta, ele já tem conseguido bons resultados há algum tempo nessa modalidade. Faz sentido.

— • —

O celular de Omolara vibra, é uma mensagem de Danilo. Quer saber como estão as provas, se tem notícias "e, principalmente, como está o coração da timã".

Sorri como sempre sorri com Danilo — esse amor leve e seguro.

Já soma quase quinze anos ao lado dele. Conheceram-se em um congresso de Psicologia, após a conferência de Danilo sobre o tema que estudara no pós-doutorado. Omolara assistiu a tudo com entusiasmo, fazendo anotações frenéticas, desejando poder explorar mais profundamente cada um daqueles tópicos. Assim, aguardou o fim da palestra para cumprimentá-lo, e bastaram poucos instantes para que ela se envolvesse na doçura do olhar de Danilo, capaz de uma atenção incomparável.

"Ah, lacanianos", pensou na ocasião, achando graça. Conversaram alguns minutos, até que os organizadores do evento os interromperam, precisavam do palestrante para acertar questões burocráticas. Mas, antes de sair, Danilo entregou-lhe um cartão de visita para que marcassem um café, pois gostaria muito de continuar o papo.

Acabou não ligando para o "lacaniano charmoso", conforme ela e as amigas passaram a chamá-lo, de brincadeira. Mas, em um fim de semana, flanando pela livraria enquanto esperava os sobrinhos brincarem no *playground* do shopping, seus olhos encontraram os de Danilo novamente.

Ele folheava *Lavoura arcaica*, parado diante da estante de literatura nacional, e, ao perceber a presença de Omolara, sorriu sem disfarces. Iniciaram uma entusiasmada conversa diante dos livros, que continuou na fila de pagamento — saíram com duas cópias do romance de Raduan Nassar, presentes dele para ela e um amigo aniversariante — e se estendeu por horas naquele dia.

"Posso te convidar para aquele café agora?"

Sentaram-se, Omolara ainda agradecia o presente, interessadíssima na leitura tão recomendada, sentindo como se não houvesse mais nada nem ninguém ao redor. Ali, conseguia apenas olhar e ouvir as palavras que Danilo dizia com suavidade. "Embora inconsumível, o tempo é o nosso melhor alimento; sem medida que o conheça, o tempo é, contudo, nosso bem de maior grandeza: não tem começo, não tem fim; é um pomo exótico que não pode ser repartido, podendo, entretanto, provar a todo mundo; onipresente, o tempo está em tudo. Porque só a justa medida do tempo dá a justa natureza das coisas." Ele declamou o trecho predileto, revelando ter lido a obra mais de dez vezes, fascinado pela escrita do autor.

Foi a primeira coisa que Omolara aprendeu sobre Danilo.

Daí, desenrolaram assuntos inúmeros, como se se conhecessem de longa data. Ao contrário dos outros homens com quem saíra, ele se aprofundava em todos os temas, fazendo comentários, levantando perguntas, demonstrando pontos de vista excepcionais. O que mais a comoveu, porém, foi o interesse imediato que aquele homem de camisa alinhada e meias divertidas demonstrou pelo trabalho e pelos estudos que ela realizava sobre o luto. Além disso, nele encontrou acolhimento suficiente para tocar em assuntos mais espinhosos, que surgiram já na segunda ou terceira xícara de café.

Nunca havia se sentido segura, nesse aspecto, com antigos namorados, muito menos em um primeiro encontro;

mas, já naquele dia, contou-lhe sobre a morte da mãe por complicações renais e sobre o acidente de carro que matou a irmã e o cunhado — e como, desde então, levava a vida como tutora de duas crianças. Nada do que dizia fazia com que Danilo perdesse a presença do corpo inteiro, ali, só para ela.

Aliás, ele também confidenciou passagens íntimas de sua vida: naquela mesinha de café, descreveu o impacto de voltar ao Brasil após viver por mais de uma década na França, onde havia cursado o pós-doc, se casado, feito amigos. Embora tivesse vida enraizada, círculo social bem solidificado, e fosse professor universitário em uma das melhores instituições do país, deixou tudo para trás depois da morte repentina do pai, por AVC, no ano anterior.

"Cheguei ao velório quando já estavam fechando o caixão. Meu irmão, quando me viu, demonstrou uma raiva que, até então, eu desconhecia. Demorei muito tempo para entender o que Conrado sentiu naquele dia, nos anos todos em que vivi fora. De certa maneira, carregou a responsabilidade de cuidar de nossos pais, e hoje sei quanto isso lhe custou."

Danilo voltou à França dias após o enterro, não sem antes ajudar o irmão com as burocracias. Porém, ao chegar ao país estrangeiro, sentiu-se... estrangeiro. Pensou na mãe sozinha em casa, depois de sessenta anos de casamento, e em como Conrado teria de cuidar de tudo, mais uma vez. Também se lembrou das muitas ocasiões em que o pai reclamou sua falta. "Bem, a morte não nos permite mudanças, mas a vida, sim. Infelizmente, morar no Brasil não estava nos planos de Gabrielle, minha ex-mulher. Mas eu tinha consciência de que perderia muitas coisas para viver o que decidi viver... e é isso. Há quase um ano estou nesse processo de renascer por aqui."

Também confessou a Omolara que conversas como aquela eram preciosas para ele, que estava eufórico por encontrar alguém interessante, pois a readaptação ainda se fazia um tanto complicada, cheia de altos e baixos. Nesse momento, ela tocou o rosto de Danilo pela primeira vez, sentindo sua barba na palma das mãos. Ainda hoje, lembra-se dessa sensação gostosa, acompanhada do cheiro de café e bolo de fubá, marcas tão fortes do primeiro encontro.

Alegra-se por ter uma pessoa que admira tanto ao lado, especialmente porque Danilo entende e respeita a liberdade e a individualidade necessárias a ela: sempre lhe desgostou a ideia de se casar. Não por medo de comprometer-se, ao contrário do que o último namorado insistia em defender, mas pelo desejo de um espaço para chamar de seu: seu teto, suas paredes, sua cama. Seu mundo. Seu. No máximo, de seus sobrinhos.

Lê a mensagem e tecla uma resposta rápida: "Akin ficou em segundo lugar nos cinquenta livres, agora falta a prova de cem. Daqui, vamos direto pra cantina, nos encontramos lá. Imagino que as provas terminem até meio-dia. Te quero. P.S.: a noite de ontem me rendeu sonhos maravilhosos. Dorme na minha casa hoje?".

— • —

Guarda o celular e percebe o rosto sério de Abayomi, que tem os olhos fixos na piscina.

— Timã, você se lembra daquele Rogério, que estudou comigo?

— Sim, lembro, claro.

Muito bem, aliás.

— Acho que é ele ali, na raia um.

Como poderia se esquecer? Por dois anos, Rogério foi motivo de pesadelos da sobrinha por causa do *bullying* e do preconceito. A menina escondeu o quanto pôde da tia as "brincadeirinhas" feitas pelo colega, mas não demorou muito para que começassem a aparecer sintomas claros de estresse.

O olhar clínico de Omolara estranhou as dores de cabeça constantes, a agressividade e a irritabilidade nada comuns à menina. Enfim, houve o episódio do xixi na cama tardio. Foi um longo processo para conseguir descobrir, afinal, qual era

DOMINGO | 135

a fonte do sofrimento de Abayomi, fonte que tinha nome e sobrenome: Rogério Maia.

Buscou a escola e comprou uma briga que durou meses, não só com os pais do garoto, mas também com a diretora. É claro que teve de ouvir absurdos como "Rogério é muito bonzinho, se xingou é porque ela mereceu". Eram irredutíveis, carregavam aquele ar de superioridade nos olhares curtos, na entonação arrogante, no jeito de balançar os caros relógios de pulso e estufar o peito em ternos de grife.

"Rogério é vítima também", defendiam com a cólera comum de quem é vazio de empatia. Quantas reuniões até a diretora sugerir que "talvez mudassem Abayomi de classe. Assim, ela poderia experimentar novos amiguinhos". Ah, a fúria que sentiu é incomparável, arrebentou-lhe o peito.

Agiu como Bolají agiria, como a mãe lhes ensinara: não se contentou, não abaixou a cabeça, não teve medo de exigir que fossem tratadas com respeito. Afinal, que resposta era aquela? Por que a vítima é que tem de aceitar, engolir, mudar, readaptar-se?

Fez questão de dar nome ao que estava acontecendo, denunciou o racismo — que, obviamente, não seria anulado com os metros de distância que sugeriam colocar entre os dois alunos. Não, educação não é isso! Não aceitaria! O que as crianças daquela escola aprenderiam com o caso? Nada! Aliás, poderiam supor que "brincar" com as diferenças alheias é algo aceito, algo impune e, pior ainda, algo que exclui aqueles que incomodam — e há sempre alguém para enfadar garotos como Rogério, meninos cuja zona de conforto soma quilômetros de egocentrismo, soma centenas de anos. Não, não aceitaria.

"Pois fiquem com o aluno de vocês. Fiquem com a escolha consciente de não se moverem pela verdadeira educação de crianças. Fiquem com o conforto de fechar os olhos para a dor e para a injustiça. Assinem embaixo do preconceito histórico, naturalizado no comportamento de um menino branco de nove anos. Não questionem, não se posicionem.

Fiquem como estiveram sempre. Se essa é a educação que vocês oferecem, meus sobrinhos não continuarão aqui."

Como ensinar às crianças o amor à vida embora os emboras, embora o ódio estrutural?

Omolara abraça a sobrinha como se ainda fosse uma menina indefesa. *Mas que bobagem*, Abayomi é uma das mulheres mais firmes e conscientes que conhece, tem alegria de viver.

Aliás, bem que dona Zica já dizia: o oposto do ódio é a alegria, *e ser mãe é confiar na força da alegria dos nossos filhos*. É, tinha razão...

A sobrinha lhe dá um beijo, como se adivinhasse seus pensamentos. *É realmente precioso ser mulher no mesmo mundo de alguém como Abayomi*, sua passarinha.

Esta é a última prova antes dos cem metros. Os nadadores dão as braçadas finais, Abayomi torce contra Rogério — o que parece funcionar (e a diverte) — enquanto, ali perto, uma voz feminina grita em constante cardíaca. O vigor chama a atenção de Omolara, que se volta em direção à mulher — de pé, mãos em concha, projeta a torcida para o nível da piscina: "Vai, Júnior, vai, Júnior, força!"

Omolara se solidariza com a adrenalina da mãe (ou tia?). Seja quem for o antecessor do nome que Júnior herdou, não está ali ao lado dela. Assim, apenas aquela mulher sabe dizer qual daquelas toucas, quais daqueles braços a fazer arcos no ar, qual dos atletas na piscina e no mundo todo, qual deles é seu Júnior, descendente de um nome, mas, principalmente, de seu amor visceral, orgulhoso.

Finalizada a prova de costas, a de cem metros é anunciada, e a plateia se agita. É a última e a mais esperada do dia. Poucos minutos depois, Akin reaparece, esticando os braços, ajeitando os óculos.

Mana, olhe pelo nosso menino. Uma brisa fresca desliza pela nuca de Omolara, e ela gosta de acreditar que seja a irmã mais velha, dando-lhe um beijo, sinalizando ter ouvido o pedido: dali, seguiria até a raia três, onde seu filhinho se posiciona, respirando fundo, olhando para a frente, sempre

DOMINGO | 137

para a frente, vislumbrando a travessia necessária para vencer. Seu homem valente.

Mais uma vez, testemunham o pulo e os corpos submersos na água, manchas disformes em movimento rápido, um depois do outro, as pernas ágeis como se voassem, como se não fossem contra a água, mas com ela, por ela, força e leveza ao mesmo tempo. A largada é acirrada, e, dos seis atletas, quatro se posicionam praticamente um ao lado do outro. Akin é um deles.

— Virgem mãe de Deus, já vi que essa vai ser com emoção! — grita Wagner, segurando o apito.

E assim a prova continua durante os primeiros vinte e cinco metros, dando a impressão de que todos estão programados para permanecer na mesma velocidade. Enquanto a prova avança, a torcida se anima num crescente, e a adrenalina das inúmeras possibilidades é inigualável. Então os nadadores dão a terceira virada, o que faz com que dois deles percam um pouco do ritmo.

Omolara sente-se em mergulho também, inspirando e expirando ao ritmo do sobrinho, que, com o giro rápido embaixo d'água, encaminha-se para os últimos metros, intensificando as braçadas, como se tivesse um motor extra no corpo, adiantando-se e ganhando distância dos outros competidores.

Força, meu guerreiro!

"Timã, papá era forte?"

A pergunta veio segundos após chegar em casa exausta, na época em que vivia estressada pela mudança do consultório, pelas brigas com a antiga sócia. Naquela noite, assim como em muitas outras, já eram mais de dez horas quando abriu a porta, encontrando a babá com a cara amarrada pelos atrasos repetitivos e também Akin e sua indagação.

É natural que falasse mais sobre Bolají aos dois, porque, da irmã, poderia discorrer por anos a fio. Conhecia cada centímetro do corpo e do espírito dela, mas e Felipe? Não queria que Abayomi e Akin crescessem alienados da figura paterna; ainda mais ele, uma das pessoas mais sensacionais que já existiram, um dos pais mais apaixonados que conhecera.

Sobre Felipe...

Bem, Omolara contou-lhes sobre a primeira vez que encontrou o cunhado, cumprindo a promessa que fizera a Bolají de dar um veredicto: poderia contar à mãe que estava namorando? A irmã andava preocupada com a reação da rigorosa dona Zica; ao mesmo tempo, não conseguia mais disfarçar o encantamento, não queria esconder de sua mãe o primeiro amor. Aliás, sabia que era melhor adiantar-se, pois dona Zica sentia cheiro de qualquer coisa no ar — e paixão? Isso era coisa que não lhe passaria despercebida por muito tempo.

Ah, sim, Omolara também concordava que o segredo era arriscado, porque mesmo ela já notava diferença nos ares da irmã, toda boba, entre sorrisinhos e suspiros. Dizia o nome de Felipe como se estivesse embaixo d'água soltando borbulhas, engolindo a vontade de ser engolida pelo rapaz.

Pedalaram até a sorveteria, Bolají compartilhando paixão e receios, quando, então, o avistou de longe: era ele, só podia ser. Felipe esperava na calçada, com um olhar de fogo, corpulento, e o sorriso mais largo que Omolara já tinha visto na vida. Adorou-o à primeira vista, o jeito como abraçou sua irmã, envolvendo-a como se um já fizesse parte do outro. Não precisou de muito tempo para saber que, sim, Felipe acalentaria até mesmo o coração de dona Zica.

"Papá era um homem incrível, uma das pessoas mais divertidas que já conheci. Era criativo, engraçado, gostava de viajar, de tirar fotos. E, sim, Akin, seu pai era forte, protegia sua mamã, a timã e a vó Zica. Era uma fortaleza de amor."

Como honrar e fazer permanecer em Àyié o amor de quem já se foi?

A última vez que o encontrou foi no almoço de um domingo chuvoso, Bolají tinha feito a famosa moqueca de dona Zica, estava entusiasmada, era a primeira vez que se arriscava a fazer a receita completa, com pirão e tudo; assim, finalmente, poderiam matar as saudades, juntas, daquele sabor que vinha da mãe. Quando chegou ao apartamento, encontrou Felipe sentado no chão da sala com um chapéu de fada na cabeça, segurando uma xicarazinha cor-de-rosa que quase desaparecia entre seus dedos. Abayomi servia um chá imaginário a ele e mais quatro ou cinco ursinhos de pelúcia, todos enfileirados, para a satisfação da menina.

"Ei, cunhadinha, quer se juntar ao baile de Vossa Majestade Abayomi, a Bela?", cumprimentou, sorrindo. Sorriso de quem tem uma bastilha dentro de si.

— Timã, timã, ele vai ganhaaaaaaaaaaaaaaar! Ele vai ganhaaaaaaaaaaaaar!!!!

Três braçadas à frente do segundo colocado, Akin, finalmente, confirma a vitória na prova dos cem metros livres.

Nosso menino conseguiu, Bolají!

É indescritível a emoção daquele momento, Omolara vê os anos passando diante de seus olhos, o corpo entorpecido de orgulho, as lágrimas envolvendo a alegria. Abayomi a puxa, abraçando-a, em quente celebração de vitória.

— • —

O sol está a pino, e, agora que a adrenalina da competição passou, todos parecem saídos de um transe bom. Homens e mulheres empurram-se, senhorinhas reclamam do calor, das escadas e da falta de educação das pessoas, crianças choram, outras correm distraídas. Algumas famílias estendem o tempo, ainda curtindo o clima da competição, tirando fotos com a piscina de fundo, em *selfies* e mais *selfies*, o que atrapalha ainda mais o trânsito para a saída, irritando os já irritados.

Quando finalmente chegam à rua, refugiam-se debaixo de uma árvore frondosa que ocupa metade da calçada. Ali, aguardam Akin por mais alguns minutos, até que ele aparece no portão, despedindo-se de Murilo, que cumprimenta a família de longe.

Está ainda mais parecido com Felipe hoje... Esse sorriso...

— E aí, minha gente, muita emoção?

— Ah, imagina! Estou tão orgulhosa de você! Que dia lindo, que provas emocionantes. Parabéns, meu guerreiro.

Omolara abraça e beija o rosto levemente molhado do sobrinho.

— Obrigado, timã, te dedico a vitória. As vitórias. Obrigado por confiar em mim, sempre, desde sempre.

Lágrimas inevitáveis voltam aos olhos de Omolara. Impossível conter a alegria, momentos assim são respiro aos dias não tão ensolarados. Volta a envolvê-lo em seus braços, fazendo-o também pela irmã, pelo cunhado, pela mãe, tornando possível a presença deles, aqui e agora.

— Eu confio em você, amo você. Assim como seus pais... Estão celebrando junto da gente, com certeza.

No mesmo instante, o vento passa pela calçada e faz chacoalhar os galhos mais altos da árvore. Imediatamente, Omolara, Abayomi e Akin fecham os olhos, sentindo a brisa no corpo, ouvindo a dança das folhas, no ritual íntimo da família. Em toda a rua movimentada, apenas os três contemplam o invisível sinal de seus mortos no vento, no farfalhar da árvore. Apenas Omolara e os sobrinhos podem experienciar a ancestralidade presente na alegria desse dia.

— • —

— Vocês têm esse *chardonnay* aqui?

— Temos, sim, senhor. Para acompanhar, vocês querem algo mais?

— Acho que só *couvert* está bom, por enquanto. Depois pedimos os pratos.

— Ok, já trago tudo.

— Akin, deixa eu te mostrar os vídeos que fiz! Mandei alguns pros grupos, mas tem mais.

— Ah, deixa eu ver, estou curioso, ainda não consegui ver nada.

Nada mal para um domingo...

Lembra-se da irmã: as duas na goiabeira que havia no quintal de casa, tal qual faziam desde crianças. Naquele dia, Bolají estava reluzente, a pele tinha um brilho especial, os cabelos em tranças amarradas em um grande coque que emoldurava seu rosto. Fazia calor como faz agora, as duas descalças, comendo as últimas frutas da estação. Ficou admirando-a devorar com a boca gulosa, satisfeita.

Tocava uma música no rádio da cozinha, quando dona Zica apareceu, num vestido de tecido leve e um leque nas mãos, caminhando devagar até as filhas, mancando um pouco, como fez nos últimos anos de vida. Sentou-se no banquinho que ficava ao lado da árvore e permaneceram assim, num silêncio absoluto, as bocas experimentando o sabor da goiaba madura, apenas o vaivém da mão da mãe, fazendo vento.

De olhos fechados, Omolara inalou o aroma da terra, ao mesmo tempo que esfregava os pés no tronco liso da goiabeira, sentindo a textura deliciosamente suave. O que aquele dia teve de especial? Nada, mas a emoção do momento permaneceu em sua memória — talvez a proximidade do casamento de Bolají tenha marcado aquela tarde como uma despedida à maneira delas, com o silêncio envolvendo a alegria, espantando o medo e a saudade da vida que se transformaria dali em diante, vida que nunca mais voltariam a ter. As três: "Desde sempre e para sempre, nós três".

Foi um adeus, mas um adeus contente, grávido de futuro. Embora tenha sido doloroso pensar que nunca mais teria a irmã mais velha na cama ao lado da sua, confidenciando-lhe segredos, contando histórias noite adentro, noites de riso ou choro, até que dona Zica batia na porta: "Psiu, meninas, hora de dormir, amanhã vocês precisam ter a cabeça descansada para estudar". Nunca mais Bolají ao seu lado, nunca mais as duas dormiriam de mãos dadas, sendo a força uma da outra, vivendo como se fossem uma só, unidade que a mãe pariu em dois corpos.

Na goiabeira, observando a irmã, compreendeu que, dali por diante, escreveriam novas histórias. Porém, naquele verão ensaiando outono, naquele dia, naquela hora, ainda eram mãe e filhas. As três. E foi deste modo que a antiga vida ficou gravada em seu corpo: pelo cheiro de goiaba, pela sensação gostosa que o tronco da árvore causava na planta do pé. Sentidos recolhidos dos pés à cabeça.

Agora, as duas mulheres de sua vida já haviam partido, deixando-a com as memórias da casa, do quintal com a goiabeira. Deixando-a com a vida antiga, a vida nova e a vida futura.

Ah, faria qualquer coisa para que estivessem nesta mesa de almoço, na celebração de pequenas e grandes conquistas, abraçadas aos melhores frutos dessa árvore genealógica, Akin e Abayomi, a valentia e a alegria da vida delas.

Faria qualquer coisa, mas há a morte.

E porque há a morte, Omolara carrega com entusiasmo o viver: honra a vida que tem, venera dona Zica, a mulher que a recebeu em Àiyé com tanto amor e cuidado; reverencia a irmã e sua história, amando-a diariamente, assumindo a responsabilidade de ser mãe por ela e com ela. Porque são, afinal, uma só — mãos dadas.

"A gente tem que caminhar nesse mundo com muito respeito, deve ter iwá pèlé. Bom caráter. Desde a ìkómojádè, celebração tão alegre, você se revelou Omolara, a criança que é a família. Por isso, minha filha, nunca duvidei de sua função, nem você deve se esquecer dela. Honre sua família, minha filha, porque você é ela."

Assim, pela vida, vive. Aprendendo com os sobrinhos, sua herança e seu legado. O menino e a menina que cresceram diante de seus olhos, fora de seu corpo, dentro de seu coração. O homem e a mulher que, neste instante, riem olhando para a tela do celular, a cabeça de Abayomi recostada no ombro de Akin, na troca de calor que permitimos somente aos que mais amamos. Sorri também, em reflexo de ternura.

E aqui está Bolají: sua irmã vive em seus filhos, assim como dona Zica vive em todos eles, seus descendentes. *Nós três, nós cinco, para sempre. Axé, minha mãe. Axé, minha mana*, Omolara sussurra, mirando o sol reluzente lá fora, iluminando-se por dentro, contemplada, em sua caminhada, por essa trilha a que chama família.

ANTÔNIA

Os sons secos atravessaram a rua.

Quatro vezes soou o som infernal, depois vieram os gritos, o desespero da vizinhança chamando por seu nome. "Ah, meu Deus do céu, é o Jairinho da dona Antônia! Meu Deus do céu, é ele, alguém chama a dona Antônia!"

Caminhou pela rua numa vertigem, desviando-se das pessoas, abrindo a roda, ouvindo vozes difusas. Então: Jairo deitado na calçada, os olhos abertos. Os lamentos dos filhos, os gritos das crianças, e os tiros ainda ecoando nos ouvidos. "Onde tá o desgraçado que fez isso?", Elias berrava, os filhos choravam, os netos soluçavam. E ela, numa tontura, sentada na calçada, a cabeça de Jairo no colo. Chamou por ele baixinho, chamou por Jairo uma, duas, mil vezes.

Tarde demais, a sirene da ambulância misturou-se aos ecos daquela noite. Estava tão tonta, as mãos ensanguentadas.

Quatro tiros. Um no queixo, um no pescoço e dois no peito, atravessados. E a vida de seu filho não atravessou a noite de Ano-Novo.

— • —

O relógio marca cinco e quarenta. O marido dorme como pedra, ronca de cansaço, o dia anterior foi de serviço pesado na obra. Ela também se sente exausta, mas a vida pesa-lhe de outra forma, antes fosse de tijolo, cimento e carrinho de mão, ou somente pelo trabalho pesado na casa da patroa, que de fato há. Faz esforço para sentar-se na velha cama. Pela meia-luz que entra pela janela do quarto, é possível ver a imagem do Sagrado Coração pendurada acima da porta.

Os joelhos doem ainda mais do que o usual, a semana se acumula no corpo. *Senhor, tenha misericórdia, tire essa dor de mim.* Que fosse pelo joelho, pois, mesmo com tanta reza, não sabe se um dia será possível curar as aflições na alma, mas há de confiar, há de ter fé. *Minha Nossa Senhora, me ajuda com essa dor, a pior de todas, que saudade do meu filho, cuida dele, minha Mãe.*

Manca até o banheiro. Quer lavar o rosto e espantar a tristeza, que parece grudada na pele. Ali está Emanuel, escovando os dentes.

— Já vai sair, meu filho? Vou passar um café, é rápido. Por que não chamou a mãe?

O primogênito cospe a pasta e faz um bochecho.

— O Alemão ligou, a gente vai pegar o turno mais cedo, deu um problema numas máquinas. Ele logo tá aí.

— Oh, meu filho, mas a mãe levantava pra te coar um café, você sabe que mal consigo dormir, é coisa de chamar a mãe. Ihh, ainda demorei pra pegar no sono ontem. Fiquei esperando seu pai, sabe como é, não fico sossegada. Ainda mais depois do que aconteceu com seu irmão...

Pensar em Jairo é dolorido como um parto. Não, infinitamente pior, porque é parto ao contrário, desparto. Há meses, busca encontrar qualquer coisa do filho que possa tocar e, assim, sentir, mesmo que bem pouco, a saudade pesar-lhe menos. Impossível: nem as poucas roupas, o par de tênis, as fotos raras, nada nem ninguém poderá substituir o abraço do corpo magro de Jairo, que lhe dizia de boca cheia "te amo, minha rainha" todas as manhãs, antes do trabalho.

Nem mesmo Jonathan, o espelho vivo de Jairo na Terra, espelho quebrado, deformado, quase-vivo ou quase-morto. Nem mesmo ele pode afastar essa saudade.

Tinha só trinta e um anos, meu Deus. Era um bom menino.

— O velho não te dá paz, né, mãe? Agora deu de beber birita, chegar tarde... das contas amanhã, a senhora fica tranquila que falei com o Gleison, ele vai me passar um extra lá na firma. Tá tudo certo.

— Deus te abençoe, meu filho. Mas não fale assim do seu pai, Emanuel. Deixa ele em paz. Você sabe que anda triste por conta de Jairo, isso é o jeito dele de espantar a dor.

— A senhora, eu, a gente também tá sofrendo, mãe. E num é por isso que...

— Tá bem, tá bem, chega desse assunto. Agora deixa a mãe usar o banheiro, dá licença.

— Desculpa, mãe, é que fico puto de ver o pai nessa, a senhora preocupada... mas tá bom, tô indo, sua bênção.

— Vai com Deus, não esquece de pegar a marmita na geladeira.

Lava o rosto e olha-se no pequeno espelho, ajeitando o cabelo em um coque. A raiz já está branca novamente, mas não conseguiu comprar a tinta na última semana, *paciência, o jeito é esperar uns trocados pra arrumar isso.*

Na cozinha, o avental pendurado horas antes espera para mais um dia de trabalho. A pia está uma bagunça, há copos e pratos sujos, consequência de tanta gente vivendo em tão pouco espaço. Ainda bem que Janaína a ajuda, já não tem tanta força para cuidar das coisas quanto sua vaidade pede: adora cuidar de sua casa, construída com suor anos antes pelo marido e pelo cunhado, Geraldo, que mora ao lado. Sozinhos, os dois levantaram parede por parede as duas obras.

Tem amor nesse lugar, porque é aqui que os filhos cresceram. Também porque essa casa significou a mudança para esse bairro, mais próximo do centro e mais distante das constantes ameaças de enchentes e deslizamentos em toda temporada de chuva.

Mas a violência adivinha brechas e rachaduras para fazer doer — sempre? Assim, ali, dentro daquelas paredes, também mora a dor da morte de Jairo.

"O luto é natural, necessário, Antônia. Não há tempo para que termine, cada pessoa vive os sentimentos de uma maneira. Mas a dor vai se transformando, ocupando espaços diferentes, nos visita de outros modos...", tenta sempre se lembrar das palavras bonitas de Omolara, é um alívio ouvi-la, a psicóloga é como um anjo de palavras doces. Embora ainda desconfie, acha estranha e tão longe de ser verdade essa história de que a dor poderá ser diferente algum dia. Faz quase um ano, e continua a latejar.

Como é que dor de mãe sem filho cura?

— Bença, mãe.

A voz de Janaína interrompe seus pensamentos. Ela entra com os dois meninos mais novos no colo e a pequena Fabiane a resmungar de sono ao lado.

— Deus te abençoe, filha. Já foram?

— Sim. Parece que estourou o cabo de uma máquina, o patrão ligou era nem quatro horas, agora vira e mexe dá problema, parece que é só o Alemão sair da firma que tudo começa a dar errado.

Antônia reconhece o mau humor no tom de voz de Janaína. Ajuda-a a colocar Davi e Diego na cama de Emanuel e fecha a porta com cuidado, para não os acordar. Já Fabiane faz manha, se recusa a deitar, a ficar longe da mãe.

— Fabi, a vó vai ferver um leitinho pra você tomar com açúcar, bem docinho. Ó, toma, come uma bolachinha.

— Essa menina tá assim desde ontem, mãe. Fica choramingando, mal dormi de noite. Acho que é a garganta que tá ruim.

— Teve febre?

— Ah, um pouco. Se não melhorar, amanhã levo no postinho.

— Isso é coisa de criança, dor de garganta vai e vem. A Lorena também tava ruinzinha esses dias.

— Num sei como a senhora conseguiu, mãe, não aguento mais, cada hora é um que fica doente. Semana passada era o Davi, com virose. Daí deu um dia que o Davi ficou ruim, o Diego começou a vomitar. Agora a Fabi chatinha assim...

— Calma, filha, criança é assim mesmo. Até chegar numa idade, ficam doentes, mas passa, você vai ver. Depois dá uma saudade danada! Quem dera poder voltar no tempo, vocês pequenos, os oito em casa... Ó, o café está pronto, pega uma xícara para a gente ali. Quer que eu esquente pão para você?

— Não, mãe, a senhora senta, eu faço isso. Vou esquentar esse leite também, pode deixar. Só pega ela aqui.

— Vem com a vó, meu amor.

Abraça o corpo da neta, um pouco quente; mas a carinha já está um pouco melhor — pela bolachinha, pela atenção recebida, pois criança gosta de agrado, Antônia sabe bem disso. Olha para a menina, que se parece tanto com Janaína quando tinha a mesma idade, as mesmas bochechas, a quantidade impressionante de cabelo. *Tão bom o cheirinho de criança...*

— Dia! E aí? Já tão fofocando a essa hora?

— Bom dia, meu filho, senta aqui, a mãe faz pão para você.

— Fica sossegada. Quero não.

— E aí, Douglinha? Novidades? Alguma vaga, entrevista essa semana?

— Fiz duas, tô esperando. Esses dias encontrei com o Robério, tão precisando de alguém lá na oficina, fiquei de ir lá amanhã. Também tô falando com o Paulão, já mandei mensagem.

— Se Deus quiser, dá certo. O Alemão andou falando com uns caras na firma. Se você conseguisse algo por lá, ia ser muito bom, né? Tava perto dele e do Mané...

— • —

Escolhe o feijão, escutando parcialmente a conversa de Janaína e Douglas sobre a escola das crianças. Mas o que ouve mesmo é o silêncio de Elias, que desde que se levantou pôs-se quieto, parado na soleira da porta que dá para o quintal. Aquele olhar distraído do marido faz mais barulho que o carrinho de Diego se arrastando pelo chão, que as risadinhas de Lorena e Fabi.

— Que foi, homem?

Ele nem olha. Desde que Jairo morreu, tem se comportado assim, mais fechado do que nunca, pouco fala, só pensa e sente demais. Mas há algo diferente hoje, parece mais nervoso, não somente triste.

— Não vai falar nada mesmo? Sei que você tá pensando em alguma coisa.

— Ah, mulher, para de pegar no pé. Me deixa.

— Deixo nada, tá plantado aí desde que levantou, nem bom-dia deu. Alguma coisa tem, e eu quero saber.

Douglas e Janaína param de falar, olhando para o pai.

— É essa vida desgraçada, Antônia. Esse filho que me faz comer o pão que o diabo amassou.

É claro que sabe de quem o marido fala, como poderia não saber?

— Tá falando do Jonathan? O que tem meu filho?

— Fui no bar do Jair ontem, adivinha quem passou na rua, parecendo um bicho?

Jonathan... o cansaço que o corpo já sentia parece se multiplicar nesse instante, a imagem do filho encolhe seu coração. Como de costume, o assunto deixa um silêncio tenso no ar, é como se cada sílaba de seu nome tivesse poder de interromper qualquer movimento na casa. Jonathan. Nome que é sombra nos olhos dos pais e dos irmãos.

Todos, com exceção das crianças, distraídas, alheias àquela história, olham para Elias, à espera de mais detalhes, apesar de já saberem que não ouviriam nada além da descrição lamentável de Jonathan vagando pelas ruas, perdido.

— Como meu filho tá, Elias? Ele te viu?

— Como tá? Eu falei: um bicho sujo, magro que nem um pau, com aquele jeito esquisito que parece não ver nada na frente, se arrastando com trapos, descalço, pedindo esmola. Arre.

Pedindo esmola. Antônia repete a frase para si, não querendo acreditar no que ouve. Não há nada pior que saber que o filho passa fome enquanto poderia estar ali, bem debaixo de seus braços, regado por seu café e seu amor. *Parecendo um bicho.* A imagem de Jonathan desenhada pelas palavras secas do marido a faz fechar os olhos, talvez para se lembrar dele menino, saudável, feliz. Ou apenas disfarçar as lágrimas que vêm aos seus olhos.

Amor e fé, ela tem muito. Em tempo algum deixou de cuidar de nenhum dos filhos, principalmente de Jonathan durante suas crises. Muito pelo contrário, defendeu-o todas as vezes que voltou para casa destruído, pedindo cama para dormir e comida para comer. Sempre intercedeu pelo filho, colocando-se contra tudo e todos — especialmente Elias, que já não acredita na salvação para aquele filho perdido.

Era sempre a mesma ladainha. Todas as vezes que ele aparecia, Antônia passava horas discutindo, convencendo Elias, Emanuel, Jairo e Douglas a deixá-lo ficar. Inflexível às negativas e ao argumento de que estavam todos exaustos pelas sucessivas tentativas de salvar Jonathan, respondia: "Mãe é mãe, eu nunca vou desistir do meu filho", vencendo-os, afinal, pois não há palavra mais forte na casa do que a dela.

Amor e fé, ela ainda tem, mas esperança... quem disse que essa é a última a morrer?

Todos os dias reza para que Jonathan volte, para que esteja vivo. Não quer mais um dos seus embaixo da terra. Coisa que mais dói no mundo é mãe que enterra filho. Não, isso não, que ele sobreviva, que encontre Deus no coração, implora aos céus desde aquele dia em que viu seu corpo magro descer ladeira abaixo, última vez que seus olhos alcançaram Jonathan: vinte e quatro de dezembro, véspera de Natal. Observando-o se afastar de casa, pensava: como poderia celebrar o nascimento do Menino se o seu menino estava na rua, mais uma vez?

Ah! Que todos ficassem chateados, que viessem com aquela conversa de que não valia mais a pena, não quis saber: no dia vinte e cinco, levantou-se e deu início à peregrinação, perguntando por Jonathan aos vizinhos, aos comerciantes do bairro que a conheciam, a qualquer outra pessoa que pudesse dar notícias do filho. Mas ninguém o tinha visto. Sumido na gigantesca cidade, poderia estar em qualquer lugar — e Antônia já sabia que, durante as crises, Jonathan atravessava bairros, a cidade toda, ia até outras margens.

Andou por sete dias e só parou de buscá-lo quando a morte de Jairo atravessou a vida de todos na casa, na noite de Ano-Novo.

Foi assim que ficou sem os gêmeos.

Elias acredita que as balas que mataram Jairo fossem para Jonathan. Foi, aliás, o que todo mundo saiu gritando aos quatro ventos. Para ela, no entanto, essa história não faz sentido: não que fosse improvável, até acredita que possam tê-los confundido mesmo, mas não faz sentido porque não amansa a dor. Não explica a morte. Se polícia, se bandido, traficante... e daí?

Não vê motivos para se agarrar a essa explicação nem a qualquer outra. De que adianta saber de onde vieram as balas, se o filho não volta? De que adianta Elias dizer por aí que a culpa é do outro, "o outro"? Não, essa ideia não chega sequer próxima à sensação de justiça, quanto menos de paz.

Paz teria se não houvesse as balas. Se não fosse mãe com medo de perder seus filhos em um mundo injusto, violento, de homens sem amor. Jairo ou Jonathan, nenhum deles deveria ter a vida negada, destruída, odiada. São seus meninos, saíram de dentro dela, mamaram em seus seios, cresceram diante de seus olhos como qualquer outro filho do mundo, então por quê? Por que matá-los? E os dois custaram tanto a nascer, naquele parto demorado, talvez adivinhando intrauterinamente que o mundo era do cão...

Por quê?

Se Jonathan é doente, se a revolta encheu sua cabeça de bobagens, se seguiu um caminho de perdição, nada disso justifica que qualquer pessoa o elimine, ou mesmo deseje interromper sua vida na Terra. Só Deus pode tirar a vida da gente, é nisso que acredita. Portanto, explicação de homem algum pode amansar a dor em seu peito de mulher-mãe, porque ela sabe que tudo o que aconteceu foi injusto, foi desumano, foi contra a vontade de seu Senhor.

Para falar a verdade, fosse possível, gostaria apenas de dizer à pessoa que desferiu os quatro tiros que, naquela noite, ela não matou apenas um homem de trinta e um anos. Matou também a mãe, o pai, os irmãos, os sobrinhos. Morreu um pouco de cada um deles junto de Jairo. Isso sim, isso ela queria muito poder dizer.

Maldito seja o dia em que Jonathan fugiu da clínica de reabilitação, desistindo do tratamento que arranjaram a tanto custo. Fora tão difícil conseguir a vaga, e, de repente, ele virou as costas para a tentativa de se curar. Alemão foi testemunha do estado em que chegou àquele lugar e de como ainda estava na primeira visita. No caminho de volta, a única coisa que o genro conseguiu dizer foi: "Credo, dona Antônia, Jonathan tá que nem um zumbi". Não sabia o que isso significava, mas acreditou ser verdade, Alemão conhece as coisas. Um zumbi.

Lembra-se também da última visita. Elias tinha batido o pé: não iria vê-lo nem aquele dia nem nunca, porque Jonathan "não tinha mais jeito" e a insistência dela só traria mais sofrimento. Então, foi acompanhada de Janaína. Chovia forte, o ônibus balançava de um lado para o outro na estradinha de terra. Ficaram quietas durante o caminho, primeiro pelo medo do aguaceiro lá fora, segundo porque Antônia estava ocupada demais conversando com Nossa Senhora, pedindo que seu filho estivesse melhor, pois queria muito ter um Natal com paz no coração, com a segurança de que Jonathan estava em boas mãos, que encontraria a cura para o maldito vício.

"A estrada tá muito ruim, interditaram ali perto da chácara, vou deixar vocês uns trezentos metros antes da porteira, ok?", o motorista gritou lá da frente.

Fazer o quê? Vestiu a jaqueta de Janaína para se proteger de pegar uma gripe, abraçaram-se debaixo da sombrinha e caminharam na terra barrenta até a clínica. Dessa vez ele parecia melhor, tinha o olhar mais tranquilo, não fez perguntas estranhas. As pernas balançavam sem parar, naquela aflição sem fim em que vivia, mas pelo menos conseguiu ficar sentado no banco ao lado das duas, ouvindo Janaína contar-lhe dos sobrinhos, de como tudo lá fora estava se encaminhando. Uma das únicas coisas que disse nesse dia foi: "Está chegando o Natal, né, mãe?".

Sim, faltava menos de uma semana, respondeu-lhe. Então ficaram os três ali, calados, com o olhar perdido no gramado molhado, na chuva que não cessava.

Cinco dias depois, Antônia acordou de madrugada com os socos de Jonathan na janela do quarto. "O que é que você faz aqui, menino?" Ele mentiu, dizendo que as moças da clínica tinham liberado, prometendo que estava muito melhor, que poderia ficar em casa. Mesmo sabendo que nada daquilo era verdade — e que Elias ficaria furioso —, mandou que tomasse um banho, enquanto ela esquentava um leite.

No dia seguinte, quando Jairo e Emanuel acordaram e viram o irmão dormindo no quarto, começaram novas discussões. É claro que concordavam com o pai, achavam que Jonathan não tinha direito de voltar, que era mais uma boca para comer, que havia roubado dinheiro vezes suficientes para não ser considerado alguém confiável dentro de casa.

Mas Antônia não mudou de ideia, "se fosse qualquer um de vocês, eu faria o mesmo", repetia, sem hesitar. O pior de todos era Elias, que gritava como um louco, batendo em Jonathan com um cinto, como se ele ainda fosse um moleque travesso. "Sua mãe penou, deu o sangue pra conseguir uma vaga naquele lugar, seu desgraçado! Como você pôde fazer isso com ela? A gente sabe por que você fugiu, seu viciado!"

O filho não reagiu aos ataques. Em seus olhos, porém, Antônia podia ver que a raiva lançada pelas palavras impiedosas de Elias acertava Jonathan como nenhuma correada. Naquela mesma noite, viu-o descer pela rua apressado e, então, desaparecer. Uma semana depois, Jairo foi assassinado a dois quarteirões de casa.

Ainda hoje, não entende como Jonathan conseguiu escapar da clínica com tanta segurança e tantos funcionários. Mas essa é outra explicação que não lhe tiraria a dor. Tudo o que sabe é que a morte de Jairo não é culpa de Jonathan, que os dois são vítimas desse mundo, repete isso a si mesma, negando-se a culpar a doença de um pela morte do outro. Ela não, ela jamais aceitará essa ideia absurda.

— • —

— Falou alguma coisa pra ele, Elias? Chegou perto?

— Mulher, você precisa entender que aquilo não é nosso filho. Faz quase um ano! Ele tá caminhando para a morte, isso sim.

As palavras do marido engolem Antônia. Agora até as crianças parecem intuir a gravidade da conversa, pois param com as brincadeiras e olham para o avô, para a avó, para os pais, na busca de entender o tom cortante.

"O tio Jairo podia voltar, vovó, parece que tem um buraco no meu coração. É assim que a senhora sente também?", confessou-lhe certa vez Ismael, o neto mais velho, dando forma ao que sentia: era realmente um buraco.

Ou muitos. Porque ainda tem Jonathan, vazio que preenche espaço, dor que sai da boca de Elias em tom de raiva. O marido pode fingir para si mesmo e para os outros que não se preocupa, pode reagir desse modo grosseiro, mas ela o conhece, sabe que age assim quando se sente triste, especialmente quando sente medo. Até porque, se há alguém que entende como ele sangra por dentro neste momento, esse alguém é ela, sua mulher, mãe de seus filhos.

Lá do quarto, o choro de Davi irrompe.

— Mãe, vou deixar a cebola aqui, já piquei, tá? Vou lá ver o menino, deve ser fome.

— Tá bom, filha.

— Vovó, o que a senhora vai fazer?

— Mistura que você gosta, Lorena, carne moída.

— Eba! Papai, posso ir no quintal brincar com a Fabi agora?

— Pode. Cuidado com sua prima, tá?

As duas meninas saem de mãos dadas, gritando, animadas, pois têm muitas horas de brincadeira pela frente, ali ficariam até que estivessem exaustas. Lá fora, os passarinhos de Antônia se agitam nas gaiolas com a presença das crianças. Ela olha as netas pela janela, dá gosto ver como se dão bem, como crescem fortes. Aliás, os seis netos são a maior fonte de felicidade da família, não pode nem imaginar como sua casa seria sem os choros, as risadas, as brincadeiras, as vozinhas estridentes.

Até Elias fica calmo. É remédio diário para seu coração de vô quando Lorena acorda e vai até seu colo, antes de se preparar para a escola. Enche a menina de beijinhos e abraços. Tem luxo especial por ela, não só por morarem juntos, mas principalmente porque está sempre buscando pelo vô, andando atrás dele pela casa. "Que você tá fazendo, vovô? O que é aquilo, vovô?" Quando não está trabalhando, Elias faz questão de levar a neta à escolinha, o que a faz pular, rir e puxar a camiseta do uniforme para baixo, até os joelhos, na excitação de andar de fusca.

Duas paixões de Elias, aliás, o fusca e Lorena. Cuida de ambos como não faz nem consigo. Ah, por essa presença, Antônia não se cansa de agradecer a Deus, ainda que a mãe da menina seja um calo no pé, a bem da verdade.

Janaína foi quem primeiro se referiu a Rosângela como "a madama", apelido que pegou entre os irmãos, que só não o dizem na frente de Douglas e Elias. Mesmo chamando a atenção para que evitem possíveis brigas, no fundo, Antônia concorda. Afinal, a nora não faz o menor esforço para dividir os afazeres da casa nem busca trabalho para ajudar nas contas. Aliás, não fosse a ajuda de Janaína e, às vezes, de Douglas, teria de carregar todo o serviço doméstico nas costas — e sabe que ela não se incomodaria nem um pouco.

Desde que engravidou, Rosângela veio morar na casa de Antônia e Elias. Quando chegou, foi a maior confusão, já que ela estava de namoro com Wellington, mas lançou a notícia de que estava grávida era de Douglas. Até hoje Antônia se ressente da história, já que as brigas foram tão graves que Wellington saiu de casa, indo viver com o tio Ernesto na fazenda em que ele trabalha, a quilômetros de distância.

"Se ela tá esperando filho do Douglas, Wellington tem que tirar a mulher da cabeça de qualquer jeito, fazer o quê? Vai fazer bem pra ele trabalhar na roça, perto do seu irmão, Antônia", Elias sentenciou no dia em que o caçula foi embora, anos antes.

É, nisso o marido tinha razão, o filho estaria em boas mãos com Ernesto, teria trabalho, moradia, comida. Mas, para ela, seria difícil conviver com Rosângela, porque a nora era a lembrança viva daquela briga sem igual. Fosse como fosse, sabia que engoliria aquilo, teria de engolir, porque os dois eram homens feitos, deveriam assumir as consequências de seus atos.

Pouco a pouco, as coisas foram se tranquilizando. Nas raras vezes em que o caçula aparece na cidade, ele e o irmão mantêm um tom respeitoso, conversando como pessoas que se perdoaram, mas que se perderam.

Felizmente, Wellington acabou se juntando com uma boa mulher, gente honesta, Ernesto mesmo foi quem disse. Já Douglas, para criar Lorena, arrumou trabalho em dois turnos como entregador: de manhã em uma loja de departamentos e à noite em uma pizzaria. Mas, após um acidente, precisou se recuperar das cirurgias e perdeu ambos os empregos. Por isso, há mais de três meses, busca trabalho sem muito sucesso, o que o tem consumido. Até faz alguns bicos, ajuda Elias em algumas obras, mas a ideia de não ter mais carteira assinada com salário e benefícios o perturba — o que Antônia percebe até nos mais invisíveis sinais.

Já Rosângela... é uma longa história.

Ela havia se mudado para o bairro pouco tempo antes de conhecer Wellington. Depois de romper relação com a mãe e o padrasto, veio viver com a avó, vizinha de Elias e Antônia havia anos. Por causa dos lamentos de dona Jucélia, Antônia resolveu interceder e pedir às sobrinhas, Rosa e Ritinha, que abrissem uma vaga no salão de beleza para a moça, ótima manicure, segundo a vizinha havia lhe garantido.

Foi nesse arranjo de trabalho que Rosângela acabou conhecendo o caçula de Antônia. Primeiro, começou o movimento no portão, a neta de dona Jucélia parava ali todo fim de tarde, na volta do serviço, e os dois ficavam de papos e risadinhas. Até aí, Antônia não se preocupava, mas, quando Emanuel lhe contou que Wellington, na verdade, avançava no namoro, pulando o muro do quintal e a janela do quarto da moça à noite, enquanto todos dormiam, sentiu uma afobação terrível no peito. Sabia que, caso a vizinha descobrisse, os obrigaria a se casar: porque pouca-vergonha não podia, não na casa de Jucélia.

Tentou falar com o filho, implorar, mas nada adiantou: Wellington não sossegou nem mesmo quando Elias interveio, perguntando se, afinal, ele não tinha vergonha na cara de entrar na casa dos outros às escuras, como se fosse um bandido? Antônia rezava para que aquele mal de paixão se curasse logo, mas não foram o tempo, nem as preces, nem o bom juízo que deram fim a tais preocupações, e sim a gravidez de Rosângela.

Então, duas surpresas: o verdadeiro pai da criança e a reação de dona Jucélia, que nem se deu ao trabalho de exigir casamento, apenas arremessou as roupas da neta pela porta, aos berros de que ela nunca mais entraria ali.

Faz mais de cinco anos que tudo isso aconteceu, mas a sensação, às vezes, é de que são décadas desde que a nora chegou à sua casa. De boa vontade, lava e passa as roupas, faz as compras no mercado, mas é fato que se sentiria mais satisfeita se Rosângela demonstrasse ter o mínimo interesse em ajudar. Que nada.

Não mexe nem um dedinho desde que estava no quarto mês de gravidez, quando parou de trabalhar com a justificativa de que o cheiro dos produtos do salão a fazia vomitar muito. Na época, todos da família fizeram coro para que, sim, deixasse o serviço por algum tempo, pois o importante era cuidar da saúde, e logo poderia voltar.

Nunca mais.

Certa vez, Antônia foi visitar Gisele e as sobrinhas e ficou sabendo algumas "verdades" constrangedoras sobre a nora. Segundo contou Ritinha, não era bem a náusea o problema de Rosângela, mas, sim, uma língua grande, que, em poucos meses, usara para criar fofocas e esparramá-las entre manicures e clientes. Mas o que realmente gerou a discórdia foi a mentira que inventou sobre Heitor, marido de Rosa, acusando-o de ter um caso com uma das funcionárias mais antigas do salão — justamente a manicure predileta da clientela, que vivia de agenda cheia.

Aquilo foi vergonhoso de ouvir, especialmente porque ela própria tinha ido pedir o emprego, depositando toda a confiança na nora, mas, em pouco tempo, olha só, Rosângela havia conseguido chatear a cunhada e as sobrinhas, família que tanto ama e que tanto a ajuda — não fossem Ernesto e Gisele, o que seria dela e de Elias depois da morte de Jairo? Cuidaram de tudo tão certinho, ela e Elias não tinham cabeça.

Nunca contou a ninguém o que acontecera no salão, nem mesmo a Janaína, poupando-lhe o amargor na boca, esse sabor que, na verdade, sente quase todos os dias ao chegar em casa e encontrar a nora esparramada no sofá, arrastando as longas unhas pela tela do celular.

Mal se falam, mas, quando abre a boca, Rosângela adora reclamar do desemprego do marido, tem prazer especial em dizer que não é possível viver daquele jeito, que nem pode comprar nada para a filha. "Ainda mais quando a Lorena vê a Fabi chegar aqui com roupinha nova, tiara na cabeça, você acha que criança entende que não pode ter tudo igual a priminha porque o pai não trabalha?" Diz sem dó, encarando Douglas.

Poucas coisas deixam Antônia tão nervosa quanto essa atitude, pois sabe que o filho está atrás de um bom emprego — e também porque Elias e ela trabalham e ajudam em tudo, dão o que podem e não podem. Acima de tudo, porque os lamentos surtem efeito imediato em Elias: mais de uma vez, flagrou o marido chegar do serviço e ir direto ao quarto da nora, com dinheiro na mão, entregando boa parte do que tinha para que comprasse coisas a Lorena.

"Não reclama, mulher, neta minha não passa necessidade. Quando Douglas arrumar serviço, vai pagar as coisas pra filha. E pronto, assunto resolvido", respondeu-lhe ríspido na única ocasião em que foi questioná-lo.

É claro que ela também quer o melhor para Lorena, porém desconfia que Rosângela usa a maior parte do dinheiro para comprar coisas que não são para a menina — e muito menos "necessárias". Mas não adianta falar nada a Elias, ele é e sempre foi mais compreensivo com os outros do que consigo mesmo, do que com Antônia e os filhos. Em mais de quarenta anos de casamento, quantas vezes viu o marido perder oportunidades boas de trabalho? Tudo porque os ditos "amigos" lhe puxam o tapete com uma facilidade impressionante. Ela bem avisa: "Elias, você não pode acreditar em tudo o que o povo diz!". Mas, tão logo aconselha, ele já vem com a ladainha, dizendo que mulher não entende nada de trabalhar em obra, que ela não deveria se intrometer em assunto de homem, que sabia o que estava fazendo, que tudo não passava de um mal-entendido, que já tinham se explicado direitinho e ele se dava por satisfeito etc.

Elias é assim: está sempre justificando os tropeços dos outros.

— Mãe, vou lá na casa do Paulão, olha a Lorena pra mim? Não demoro.

— A Rosângela tá na cama ainda?

— Sim, tá meio mal. Ó, não esquece a menina, tá? Já volto.

Janaína entra na cozinha, e não é preciso que diga nada. Os olhos reviram só de ouvir o nome da cunhada. Assim que Douglas fecha a porta, não perde tempo:

— Preguiça agora mudou de nome, é?

— Fala baixo, Jana, ela te escuta.

— E eu estou ligando? Quero que ouça mesmo, pra saber que a gente não é trouxa que nem o marido dela.

— Ihh, ela anda pior esses dias, Jana, estou com um pressentimento...

Finalmente, soltou isso. Faz uns dois domingos que ensaia contar para a filha que anda desconfiada, mas não encontrava as palavras certas, e também quis esperar para ver se não era coisa de sua cabeça, mas agora tem quase certeza.

— Ai, mãe, não vai me dizer que...

— Posso estar errada, que a gente se engana muito na vida, mas acho que ela tá esperando, sim. Repara, Jana, os peitos mais redondos, anda dormindo mais...

— Ave Maria, se a senhora acha, então ela está! Você nunca errou uma, sabia até antes da gente. Deus, era só o que me faltava... Os dois desempregados, e agora você, o pai e Mané vão ter de sustentar mais um?

— Pois é, tá me tirando o sono...

— E ele não disse nada?

— Não, claro que não. Você não conhece seu irmão, Janaína? Aquele ali é igual seu pai, não abre a boca, fala as coisas só quando não tem jeito mesmo.

— Eu vou matar o Douglas...

Já são duas madrugadas seguidas que Antônia se levanta para beber água e o encontra na sala, com a cabeça entre as mãos. E ainda tem aquele olhar que o filho carrega há semanas. Como explicar aquele olhar, que só ela parece poder ler? Há muitos sinais para saber que alguma coisa está acontecendo, só falta a gota d'água para que o problema venha à tona. Espera o tempo de Douglas, mas está cada dia mais difícil, tem vivido aflita. Será que teria de quebrar a barreira e perguntar o motivo para tamanha angústia?

Da janela, vê que Lorena se aproxima, então faz sinal para que Janaína fique quieta e mude de assunto.

— Titia, o Diego pegou a boneca da Fabi e num deixa a gente brincar. Manda ele sair?

— Cadê ele?

— Tá arrastando ela ali na horta da vovó.

— Ai, minha santa... Dieeeeeeeeeego!

— • —

Faz algumas horas que não vê nem sombra de Elias, provavelmente está na casa do irmão. Geraldo costumava ser um homem saudável e forte, mas, depois do derrame, mal consegue caminhar. Ai, é uma pena vê-lo daquele jeito, Antônia vive preocupada, pensando nele, em Imaculada. É tão difícil ver os sobrinhos ali, visitando os pais, e isso só piora as coisas, com certeza.

Como seu filho William é casado com a prima, Antônia tenta chamar a atenção para que se façam mais presentes, embora saiba que não vêm mais por causa da rotina cheia, por morarem do outro lado da cidade, trabalharem o dia inteiro; e, ainda por cima, Soraya tem a faculdade à noite. Tudo isso é motivo bom, estão encaminhados, construindo a vida deles, mas sente pena de não poderem ser mais presentes, pois Geraldo anda mal — e Imaculada, coitada, precisa fazer tudo na casa, cuidar do marido...

— Bênção, mãe!

Jaqueline diz, entrando na cozinha, então Antônia se vira e encontra o sorriso de Ismael, que chega com uma travessa de pudim de leite, sobremesa predileta de quase todos da família.

— Bença, vó! — os dois meninos dizem em coro, livrando-se dos objetos que carregam para dar um beijo na mão de Antônia.

Bênção concedida, correm até o quintal para se juntar aos primos.

— Enzo, volta aqui agora e pega essa mochila que você deixou no chão. Já!

Jaqueline é rigorosa, mantém os filhos "na linha". Até demais. Mas Antônia entende: criando dois meninos sozinha — desde que Sandro abandonou a família, após o nascimento cheio de complicações de Enzo —, ela exige ainda mais de si e deles.

— Vou colocar o pudim na geladeira, tá, mãe? Ficou meio mole no caminho pra cá. Nem acredito que consegui fazer isso ontem, cheguei tão cansada, saí do serviço e ainda tive que passar no supermercado, não tinha nada em casa: produto de limpeza, leite, nada.

— Pois é, liguei ontem, e Ismael disse que você não tinha chegado ainda. Ele lembrou de falar pra você trazer alface?

— Sim, tá aí nessa sacola verde. E aí, Jana?

— Tô aqui sentada, descansando, que daqui a pouco o Davi acorda de vez e daí num tenho mais paz.

— Só não digo que tenho saudade dessa época porque os dois tinham muita cólica, você lembra? Mal dormia, cruz--credo. Fora isso... espere e vai ver o que é canseira, minha filha! Ismael tá numa fase terrível, tá me enchendo o saco. Tudo culpa do desgraçado do pai dele.

— Ixe...

— Aquele traste prometeu que ia pegar os dois no fim de semana passado, encheu a cabeça dos meninos de promessinha, daí chegou na sexta à noite, adivinha? Como se fosse possível cancelar filho. Pra mim, não existe descanso, férias. Mas pra ele? Por que Sandro acha que pode?

— Ai, ele sempre foi assim, não é agora que vai mudar, né?

— Já era um traste, agora tá pior, se achando o gostosão, de namoradinha nova. Mas nem quero saber, mês que vem é aniversário do Enzo e pelo menos um bolinho com brigadeiro vou fazer. E o Sandro vai pagar dessa vez.

— Pagar? Ele só te dá pensão pra não ir preso, duvido que vai dar grana pra festa. Mas desembucha, o que o Ismael tá fazendo?

— Deu de querer falar "não" pra mim. Na cabeça dele, já é homem crescido, quer mandar em casa. O pior é que andou arrumando briga na escola. Botei de castigo, só deixei ir na capoeira mesmo. Contei pro José Pedro, pedi uma ajuda, né? Porque, pra esse menino, é Deus no céu e o mestre de capoeira na Terra.

— Ismael é um menino educado, filha... deve ser fase. Mas precisa ficar em cima mesmo, de olho. Que bom que você tem alguém pra te ajudar a pôr juízo na cabeça dele.

— É, muito bom ter um exemplo de homem de verdade, né, porque a peste do pai deles não serve pra nada... falando em pai, cadê o meu?

— Deve tá no Geraldo. Tomou café e sumiu.

— Ixe, prometi pra tia Imaculada que ia passar lá. Depois dou um jeito, levo um pedaço de pudim pra ela.

— Vai, sim, chega ali um pouquinho. Imaculada sente falta. Ontem fiquei lá com Geraldo de manhã pra ela ir na farmácia. Até chamei para o almoço hoje, mas seu tio anda difícil, nervoso. Tá mal.

Geraldo sempre foi o melhor amigo de Elias, a única pessoa que conseguia distraí-lo com piadas e bobagens cotidianas. Mas, agora, não só o cunhado parece piorar como também o marido — que sofre de uma doença invisível.

Porque Elias não precisa de fraldas ou de comida na boca, contudo carrega esse silêncio, essa revolta do luto — e disso ninguém quer falar, sobre isso ninguém nem sabe o que dizer, na prática. Ele já não é o homem que costumava ser, e Antônia sabe que nunca mais será. Em uma das raras vezes que Elias tentou explicar o que pensava, confessou a ela que desejava morrer logo, porque não via mais sentido em continuar nesse mundo — o que, claro, a entristeceu profundamente.

Martelou aquelas frases na cabeça até que pediu para falar a sós com Omolara, precisava de ajuda. A psicóloga

164 | ANA LIS SOARES

sempre aconselhou que Elias também frequentasse o grupo, mas, depois de saber o que andava pensando, dispôs-se a atendê-lo separadamente, quando fosse possível a ele. O marido, porém, se recusou, afirmando não estar louco para precisar falar com doutora, enfurecido pela atitude de Antônia. "Se não quer ouvir o que eu penso, não me pergunta. Eu, hein? Vou lá fazer o quê? Chorar no meio de um monte de mulher?" Pois deveria. É claro que não haveria cura para a dor de perder Jairo, mas falar sobre isso com outras pessoas ajudaria. Entende a resistência dele, afinal ela mesma reagiu com teimosia, negando os primeiros convites de Kelly para conhecer a terapia. Pensava que seria pior revisitar os barulhos, as imagens, as sensações daquele maldito trinta e um de dezembro; cismava que falar sobre o assassinato de Jairo seria apenas cutucar a dor em seu peito. Além do mais, não acreditava que pudesse dizer tudo o que sentia em voz alta, nem tinha certeza de que teria alguma voz. Vivia apenas pela força da necessidade, as obrigações a arrancavam da cama todos os dias. Tudo parecia engasgado, mal podia respirar, chorava e praguejava a dor que sentia a cada minuto de um ano que já nascera morto.

Certa vez, a patroa comentou, com aqueles olhos de pena: "Você é muito forte, Antônia, se fosse meu filho, morreria junto".

E ela não estava morta?

E ela deveria morrer?

E o que deveria dizer?

Tudo o que sabia era que, desde aquele dezembro, o gosto de sangue nunca mais abandonou sua boca, embrulhando o estômago diariamente. Ela vai engolindo, apesar de se sentir seca, pois havia chorado tanto que desconfia ter perdido toda a água do corpo, água que nem sabia haver tanta.

Respondeu, então, à patroa que a sensação era a de estar viva-morta mesmo, pois não havia modo de ser inteira depois de olhar para o corpo estirado de um filho e sentir sua pele fria. Perguntou-lhe: "Dona Rebeca, a senhora sabe qual o primeiro som que ouço todo dia, quando acordo? Sabe o que penso toda noite, quando coloco a cabeça no travesseiro?".

Quatro tiros e nunca mais poderia dar um beijo na testa do filho, ir até a porta com ele antes do serviço e comentar que o dia seria quente, que não se esquecesse de tomar bastante água, que o novo corte de cabelo o deixava ainda mais lindo. Não poderia mais reclamar dos chinelos no meio do caminho, nem de sua demora no banho. Agora, Jairo era apenas lembrança, a dor mais profunda de sua vida.

"Então, é como morrer todo dia, não é, dona Rebeca?"

Isso foi antes de conhecer o grupo de terapia, naqueles meses em que vivia se indagando: como falar sobre o assassinato do meu filho poderá trazer algo além de sofrimento? De mais a mais, não poderia se lembrar de Jairo sem pensar em Jonathan, um gêmeo do outro, os dois desaparecidos do seu alcance. E se vivemos em um mundo que mata, um mundo que exige sobrevivência, o que poderia dizer que fosse capaz de curar a dor dela, a dos outros? Afinal, como se reunir com outras pessoas poderia abrandar a violência de uma terra sem misericórdia, que arrancou os gêmeos de sua vida — um na Terra e outro no céu?

Recusou-se a ir às reuniões duas ou três vezes, mas Kelly insistiu, prometeu que ela não seria obrigada a falar nada se não quisesse e garantiu que as reuniões a haviam ajudado, que, graças à terapia, havia conseguido embalar as roupinhas, os sapatos e a bola predileta de Iago para dar a outros meninos. "Vamos, dona Antônia, a senhora vê como é. Se não gostar, não precisa voltar, mas quem sabe não te ajuda também?"

Vencida pela insistência — e pelo desespero de amansar um pouco daquilo que sentia, combinou com a vizinha para irem juntas ao próximo encontro. No dia, Antônia tentava controlar as mãos trêmulas, disfarçar os receios. Chegou quieta, ainda ressabiada, mas, quando deu por si, estava contando sua história diante do grupo, chorando e tomando fôlego — compreendendo que, sim, queria dizer tudo, precisava ir até o fim.

Ao terminar seu relato, encontrou-se com as lágrimas que as outras mães derramavam e, de algum modo, sentiu-se abraçada: estar ao lado daquelas mulheres realmente dava a sensação de espantar a penumbra do peito, porque elas entendiam plenamente, elas também experienciavam a árida angústia de viver enquanto seus filhos estavam mortos.

Desde então, frequenta as reuniões uma vez ao mês, esperando ansiosa pelos encontros com as novas amigas: Maria da Graça, mãe de Hanna, dezessete anos, violentada e morta pelo ex-namorado; Joelma, mãe de Júlio, vinte e três anos, assassinado pela polícia enquanto voltava do trabalho com mais dois colegas; Débora, mãe de Vladimir, trinta anos, encontrado morto em um terreno baldio depois de ficar desaparecido por dois meses; Vanderleia, mãe de Jefferson, vinte e seis anos, morto durante uma troca de tiros entre policiais e traficantes; Januza, mãe de Taciane, quinze anos, morta na saída do colégio, vítima de uma "bala perdida" (que sempre encontra o filho de mães como elas, por quê?). Além de Kelly, cujo filho de apenas nove anos foi atingido por uma bala de fuzil na cabeça enquanto brincava no quintal de casa.

Um grupo de mães, embora seja aberto para outros familiares. Acaba sendo bom assim, só com mulheres, Antônia considera, mesmo que signifique ter de se preocupar dia e noite com Elias e seu silêncio. Mas, entre elas, há liberdade, abertura para falar de tudo sem receio, sem julgamento, dizer outras coisas, tratar de problemas secundários (que quase ninguém entende): como a vez que Joelma revelou que queria se sentir mais bonita, andava muito "largada", sem cuidados. Ah, o maior contentamento de Antônia foi aparecer na reunião seguinte, com autorização de Omolara e Renata, a assistente social, acompanhada de Rosa, Ritinha e mais duas manicures do salão. Promoveram uma tarde de beleza, algumas horas de sinceras risadas: arrumaram cabelo, fizeram as unhas, algumas até se maquiaram, sentindo-se vivas, distraídas da dor.

Em outra ocasião, Vanderleia comentou que havia conhecido um homem interessante e que, depois de mais de quatro anos da morte de Jefferson, teve vontade de namorar, mas se sentia culpada, com medo da reação dos outros filhos. Foi uma satisfação ver seu sorriso de alívio por ser apoiada integralmente pelo grupo. "Seu filho ia querer te ver feliz, Vanda!"

Continuar a vida, apesar das dores. Era isso que tentava fazer nesse domingo, em casa, com aqueles que estão vivos e próximos. Não é fácil, ainda sangra, mas, só de pensar nas amigas do grupo, sente-se mais fortalecida.

— • —

— Mãe? Mãe? A senhora num tá ouvindo, não?

— Que é, Jaqueline? Tava distraída aqui.

— A senhora acha mesmo que a madama tá grávida?

Olha para trás, para Janaína, sentada à mesa picando o cheiro-verde. *Mas é claro que não ia segurar a língua.*

— Tô desconfiada, faz umas semanas. Mas bico calado vocês duas, não quero confusão nessa casa, daqui a pouco Rosângela vem tirar satisfação; ainda mais você, Jaqueline, sabe como ela é com você...

— Pois venha, não ligo. Pelo menos assim a madama levanta da cama, né?

Antônia tenta segurar o sorriso, fingindo desentendimento, mas deixa-se contagiar pelas filhas. A risada, porém, para de repente com o barulho da porta. É Douglas, que entra com um olhar ressabiado. Está inquieto. *Será que Paulão não tinha boas notícias, meu Deus? Podia tanto dar certo o trabalho no açougue...*

Sem dizer nada, ele pergunta pela mulher e se irrita ao saber que Rosângela não aparecera, pois Lorena deveria ter tomado o antibiótico às dez horas, ela prometeu que não esqueceria.

— Que merda!

Como quem não quer nada, Jaqueline questiona se há algo de errado com a cunhada, ao que Douglas responde com um muxoxo, seguido de um "não" nada convincente. A troca de olhares entre as três é automática, inevitável. Ele as observa, mas logo disfarça, mirando o remédio da filha.

— Difícil, viu?

— Você tem alguma coisa pra falar, Douglas?

— Como assim, Jana?

— O que você acha que eu tô te perguntando?

— Sei lá, como vou saber? Vou lá dar o remédio pra Lorena, já passou da hora. Merda.

Mais uma vez, Antônia busca o olhar de Janaína, *está doida, menina? Deixa seu irmão.* Ao que ela parece responder: *se for verdade, a gente tem que descobrir logo.* Sim, ela sabe que seria melhor deixar tudo em pratos limpos, evitar surpresas quando for tarde demais — e, a essa altura, nem seria uma grande surpresa. Afinal, de modo muito íntimo, bem escondidinha, já até fez algumas contas, quebrou a cabeça pensando como poderiam se ajustar melhor na casa: acha difícil caber mais um berço no quarto de Douglas — embora eles estejam no cômodo maior. Provavelmente seria melhor quebrar uma parede, puxar o quarto para o quintal, mas isso é coisa para Elias ver, é ele quem sabe dessas coisas. Ainda considerou pedir um aumento, quem sabe?

Atraída pelas exclamações inflamadas de Douglas, Rosângela finalmente aparece na cozinha, e sua presença é acompanhada de um breve silêncio entre Jaque e Jana — as duas sempre fazem isso. Braços cruzados, cara fechada, quer saber onde a filha está.

— Ali ela, Rosângela.

— A menina não devia estar correndo no quintal, Douglas. Nem sarou direito.

— Se você não queria que ela ficasse lá fora brincando, devia levantar mais cedo e não deixar. Nem pra dar remédio você serviu hoje.

Aí tem coisa. O filho nunca falou com a esposa desse modo, com esse tom de voz. Mais estranho ainda é Rosângela não revidar de imediato. Olha para Antônia, para as cunhadas, para Lorena, que grita lá de fora, e volta a encarar o marido. *Tá abatida mesmo, coitada, e a gente rindo aqui, que pecado.*

— Tá bravinho, Douglas? Esqueceu por que eu fiquei na cama hoje? Hein? Na verdade, vim dizer que ainda tô mal. Vou pro quarto, mas espero que você seja homem e conte tudo logo. Dessa vez, é com você.

Elias vem chegando da casa de Geraldo e Imaculada, acompanhado por William e Soraya, que logo obedecem aos comandos gestuais de Janaína para que entrem rápido, ansiosa para acabar com o suspense, com a atmosfera tensa na cozinha.

— Aí, pronto. O pai tá aqui, o Will, todo mundo. Fala, fala logo.

Jaqueline intercede, o silêncio de Douglas incomoda.

— Não sei como começar...

— Se tem coisa pra falar, que fale logo, Douglas — diz Elias, aproximando-se de Antônia, encostada na pia da cozinha.

— A gente não sabe como aconteceu, Rosângela tava tomando a pílula, mas faz um tempo que ela começou a passar mal, fiquei achando que fosse coisa da cabeça dela...

— Uma mulher sabe quando está grávida, Douglas — Janaína corta, adiantando a palavra que o irmão evita.

— É, acho que sim. Ela fez o teste da farmácia faz umas semanas, um mês. Mas eu queria ter certeza. Daí, a gente foi na médica quarta-feira.

— De quanto tempo, Douglas?

— A médica disse que umas dez semanas. Mas tem mais uma coisa que eu preciso dizer...

— Mais uma coisa? O que foi, meu filho?

— São dois.

— Dois?

— Sim, a médica disse que são gêmeos.

Antônia puxa o ar com força, tem a sensação de que vai desmaiar. Coloca as mãos no peito, como se pudesse segurar o coração, e sente seu ritmo forte e rápido demais. Busca uma cadeira e se senta sem nada dizer. É inevitável ouvir a palavra sem se lembrar dos seus gêmeos, sem pensar que há mais de trinta anos era ela quem carregava Jairo e Jonathan no ventre.

Lembra-se de quando descobriu que esperava gêmeos: o baque foi tão forte como esse que sente agora, talvez mais, talvez menos. Nem pensava nessa possibilidade, não tinha nenhum caso em sua família, um choque. Duas crianças de uma só vez! "Mas eu sou apenas uma, como vou conseguir? Já tenho cinco crianças em casa, Senhor", pensava dia após outro, naquela época de tão poucas certezas. Ao menos a nora descobriu logo no início, coisa que não aconteceu com ela, que só soube em fase avançada, quase na boca do parto. "Essa barriga tá enorme, tá diferente das outras. Até atrapalha meu serviço", comentava com o marido.

Naquele dia, acordou com uma sensação estranha, passando mal, com dor de cabeça. Foi trabalhar com mal-estar — até que sentiu o sangue entre as pernas. Não deu nem tempo de esconder: a patroa estava perto e logo percebeu o líquido vermelho pingando no chão da cozinha. Gritou de horror, mas foi rápida no socorro, ajudando-a a se limpar e levando-a ao hospital mais próximo.

Ainda tem em mente o rosto do médico que a atendeu, um homem grisalho e sério, que a examinou em silêncio, esfregando o gel gelado em sua barriga, escorregando o objeto de um lado para o outro, sem tirar os olhos da telinha do ultrassom. Depois de minutos em silêncio, sorriu, confirmando que estava tudo certo com os meninos, mas que ela iria precisar fazer repouso total até o fim da gestação.

Pá.

"Os meninos?" Sem Elias por perto, contando apenas com a patroa, buscou em suas mãos ou em seus olhos qualquer tipo de consolo, mas o que encontrou foi um misto de surpresa, raiva e preocupação.

"Como que você está grávida de gêmeos e não me conta, Antônia? Agora vou ter que procurar alguém para te substituir enquanto você faz o repouso total. Tudo rápido demais, como ficam minha casa e as crianças?" Nossa, como doeu nela, por que esperava que a patroa fosse agir diferente? Ouviu tudo em silêncio, mas, antes de pegar a condução — com a receita nas mãos, a barriga cheia de duas crianças, matutando a melhor maneira de contar a notícia a Elias —, reuniu forças para tentar se explicar, afinal não fazia a menor ideia de que eram dois. Não era uma mentirosa, isso não! Era verdade que tinha ido ao médico, feito os exames, mas ninguém lhe disse nada disso. Mas, como desconfiara, depois desse dia nunca mais voltou ao serviço (e nem pôde reclamar, pois nem registrada era).

Aqueles foram tempos custosos. Elias trabalhava em dois turnos de segunda a sábado, aceitando bicos aos domingos. Graças a Imaculada, que vinha todos os dias ajudar com as crianças e a casa, Antônia conseguiu fazer o repouso, segurando a gravidez por mais algumas semanas depois do sangramento: mas Jairo e Jonathan nasceram antes da hora. "Normal para gêmeos, fique calma", explicou uma das enfermeiras durante o parto.

Eram tão pequenos e magrinhos... Jonathan, que nasceu meia hora depois de Jairo, era o menor deles. Ficaram na UTI por semanas, até que, enfim, foram para casa.

Surpreendentemente, é Elias quem quebra o silêncio, desencostando-se da pia e indo até Douglas, tentando um breve carinho no ombro do filho. Não nega preocupação, mas diz estar emocionado pela notícia: a única alegre nos últimos meses, no ano.

— Vou falar isso aqui na sua frente, na frente da sua mãe, dos seus irmãos, da Soraya, que é inteligente e sabe o que tá acontecendo com o pai dela. Meu irmão não quer mais viver, tá se entregando, tá morrendo. A gente era em nove lá em casa, Geraldo é o único que me resta. Eu já vi morte demais nessa vida, filho. Eu vi seu irmão sair por essa porta e, pronto, tava morto, do nada. Ainda tem o outro. Tive que dormir e acordar com o outro na minha cabeça, meu próprio filho comendo lixo! É duma tristeza... você vai arrumar serviço logo, que tá procurando. E eu e sua mãe tamo aqui.

Antônia não consegue dizer nada, apenas alcança a mão de Douglas e segura firme. Os pensamentos cruzam passado e presente, presente e futuro, Jairo e Jonathan. *Tantas coisas a resolver daqui por diante...*

— Os bebês tão bem, Douglas? Tá tudo certo?

— Sim, a doutora mandou Rosângela fazer uns exames, vai ter que acompanhar certinho, diz que gravidez de gêmeos tem mais risco.

— São duas vidas que a gente vai ganhar, Douglinha. Melhor notícia de vida do que de morte.

— É, isso é, Soraya. Ainda não caiu a ficha direito, tô meio desesperado, mas a gente faz os corre. Falei com o Paulão hoje, acho que vai rolar lá no açougue.

O coração parece um pouco mais calmo, as pernas, um pouco mais pesadas. *Tantas coisas acontecem para uma mãe de oito, meu Deus.* Pelo menos as suspeitas foram confirmadas, todos sabem a verdade, ela não precisa mais esconder as aflições nem lidar com o silêncio cheio de segredo naquele olhar de Douglas. *Gêmeos. Gêmeos,* vai repetindo para si enquanto coloca a mesa. A reação de Elias foi tranquila, mas os netos são a *alegria da vida dele.* Mesmo as filhas, que são sempre mais calorosas, mesmo elas parecem ter se agarrado à ideia de que tudo ficará bem. *Mas ainda falta Emanuel, ele vai ficar nervoso. Deus que me ajude.*

— • —

Meio-dia, os pratos na mesa, Antônia desliga o fogão e avisa a todos que já podem comer. Nas panelas, o cheiro da comida sobe quente, atiça a fome no estômago. Ao redor, a família se movimenta, e ela — como todo domingo — se coloca de canto, na espera, sempre a última a se servir.

DOMINGO | 173

Elias a olha, e ela pode até jurar que vê uma mansa felicidade no marido. *Gêmeos.*

Talvez a imagem de duas crianças tenha amolecido o coração de cada um por pura nostalgia, reflexo de vidas. Talvez todos tenham lembrado — ou, de algum modo, sentido — que a morte de Jairo completa nove meses, tempo de uma gestação inteira; e porque a falta dele cresce tanto em seus corpos, a ideia de duas vidas novas, vidas nascidas juntas, pode ter causado essa sensação de que alguns buracos, se não preenchidos, podem, ao menos, não doer tanto.

Pois agora, nesse mesmo instante, há duas vidas germinando nesta família que perdeu tanto em tão pouco tempo. A família dela, Antônia: mãe de oito para sempre, mesmo que os olhos e as mãos alcancem apenas seis. Família dela, Antônia: avó de seis — agora oito.

Oito filhos e oito netos, e um amor que só cresce, expandindo seu peito, infinitamente.

Dos seus gêmeos, as vozes se fazem distantes, caladas pelas ruas do bairro, da cidade, da terra difícil. "Tanto sangue, meu Deus", repetia, em choque, enquanto ia para o hospital com a ex-patroa, trinta e três anos antes, segurando a barriga, protegendo a vida que crescia nela. As vidas, duas vidas. "Tinha um rio de sangue na calçada", comentavam os moradores do bairro, após a morte violenta de Jairo, que nasceu e morreu antes da hora, em um mundo errado, invertido.

"Muitos são os filhos desse lugar que não chegam nem à idade de Cristo. Mas a gente precisa ser forte para cuidar dos que ficam", Kelly lhe disse, enquanto deixavam a primeira reunião de que participou. Tão logo falou, deram-se as mãos e seguiram o caminho para casa, juntas. Juntas e fortalecidas, pois sabem que não existe mundo sem elas — o mundo é parido, amamentado, criado, amado, sonhado por elas.

Por elas, as mães do mundo.

— Lorena, Fabiane, Ismael, Enzo e Diego! Todo mundo lavando as mãos para comer, anda, anda!

Aqui estão seus frutos, seus. Por eles, do raiar do sol ao nascer da lua, ela, Antônia, até o fim de seus dias, faz e se refaz mulher, esposa, mãe, avó.

Que Deus me dê forças e Nossa Senhora me guie, amém.

CAROLINA

As xícaras de porcelana tilintam no andar de baixo. O lusco-fusco invade os cômodos da grande casa, todos miram a televisão, vidrados. Vez ou outra, alguém faz um comentário rápido, forma-se um burburinho, mas logo voltam à tela e ao silêncio de vozes íntimas. As empregadas, uniformizadas, levam e trazem bandejas com café e biscoitinhos de nata, os preferidos de dona Albertina. Estão todos em torno da matriarca, sentados nos sofás de couro. Menos Carolina.

Ninguém se comove pela falta dela nem se refere a Eduardo, a família não parece realmente preocupada se ele resolverá o problema na fazenda, mesmo após dias fora de casa; porque é certo que, sim, Eduardo daria conta do recado, não há dúvidas quanto a suas habilidades de mandar e desmandar, de vestir uma capa autoritária. Ninguém melhor que ele para cuidar que se preserve o bem de todos. *Status quo.*

Mas Carolina? Quem é Carolina? Deixe que suma, não faz falta, gente sem nome, sem importância. Invisibilidade de vida.

Até hoje. Neste domingo, Carolina dará fim a essa história, deixará de viver sob esse teto de vidro, muralha de mundo. Estará, enfim, liberta das escolhas do passado e das consequências colhidas diariamente ao lado de Eduardo, mais acomodada que feliz, mais confusa do que satisfeita. Agora, sente um medo gelado no estômago, um nó na garganta — que talvez a acompanhem por muito tempo —, mas está feito, a decisão foi tomada, não pode mais viver dessa maneira, merece conhecer novos horizontes.

Ouvindo a voz de seus pais, de sua irmã, repete a si mesma: *Não se deixe paralisar pelas dúvidas, Carolina, você é capaz de recomeçar, há muitos caminhos diferentes, distantes de Eduardo.*

Por muito tempo, acreditou que não poderia — e que não queria — acabar com tudo, é o que a insegurança lhe sussurra aos ouvidos desde ontem, a cada roupa disposta na mala. Mas já está feito, tudo combinado com Cibele: no fim da tarde, pega o táxi e segue para a casa dela, do outro lado da cidade. Assim recomeçará, buscando descobrir quem é, afinal, Carolina, a mulher que foi silenciada e moldada para se adequar à família de dona Albertina Rezende Albuquerque Duarte — família na qual nunca coube, à qual nunca pertenceu.

Então, é o fim. Teria de ser desse modo, não há como esperar que Eduardo chegue em casa, sente-se e entenda por que ela deve partir, acabando de uma vez por todas com essa angústia que completa oito anos. Não, jamais aceitaria. Portanto, que se apresse, que vá embora e deixe que, solitariamente, ele descubra a falta que ela faz.

Pode imaginar Eduardo chegando, o corpo suado, faminto: cadê minha mulher? E dona Albertina, desprovida de respostas, sem ter ideia de onde estaria aquela qualquer, a tal noiva com quem convive à força há tanto tempo, "e eu agora sou obrigada a saber disso, Eduardo?". Mas no fundo? Ah, ficaria aborrecida, puta da vida, porque, sim, ela precisa ter o controle de tudo no casarão. Então: que desastre deixar escapar a mulher de seu filho predileto, justamente enquanto ele esteve fora, tomando conta dos negócios da família, cuidando para que tudo permanecesse seguro, em seu exato lugar. *Lamentável, dona Albertina...*

Pode ver suas feições, ouvir a força de Eduardo gritando pelo corredor, descendo pela escada daquele modo cavalar, onde está ela? Cadê minha mulher? O rosto bonito transformado em monstruoso logo que abrisse a porta e não a encontrasse à espera dele, como fez nos últimos anos. Ah, sim, bateria portas, socaria paredes, enlouqueceria quando percebesse a grossa aliança pousada na mesinha de cabeceira, calculadamente ao alcance dos olhos: o anel de ouro ao lado do retrato de um casal infeliz... que sorriso forçado, que olhar triste ela carrega ali.

Mas esse é o retrato de uma Carolina que começou a desaparecer ontem, com a decisão tomada, de uma Carolina que morrerá de vez daqui a poucas horas.

Ainda hoje, se lembra de como doeu sorrir para a foto, os Andes ao fundo, e ela toda quebrada por dentro, chateada pela briga na manhã daquele dia, e, horas depois, tendo de simular entusiasmo pela paisagem deslumbrante — consumida pelo desejo de sumir dali, do mundo, da vida. Sorrisinho para fingir que não sentia os dedos firmes de Eduardo em torno de seu pulso.

Desde quando força sorrisos? Desde quando estar ao lado de Eduardo é apenas solidão? Pensar nisso faz seu corpo formigar. *Tanto tempo, tanto tempo...*

Não é a primeira vez que se vê diante das malas, chegou a depositar roupas e confiança em um futuro diferente uma ou duas vezes antes; mas, então, foi vencida pela ideia de que já contavam muitos anos na esperança de uma pretensa felicidade, de que era tarde demais. "Vai jogar tudo fora, Carolina? Tudo o que você já viveu?" Ficou. Ficou e apostou diariamente no relacionamento. *Oito anos...*

E se acaso lhe perguntassem aonde estava indo com tantas malas?

Não se prenda a falsas expectativas, Carolina, continue a guardar suas coisas, se apresse. Eles nem vão notar, ainda que você estivesse com mil malas. De todo modo, bastaria dizer: "Ah, estou indo visitar minha mãe, minha irmã, vou aproveitar pra levar algumas coisas que não quero mais. Volto daqui a uns dias. Até mais". *Depois, é dar as costas e nunca mais voltar. Só isso.*

Além do mais, sairá antes do jantar, estarão todos na sala, distraídos, eles nunca prestam muita atenção ao redor, de qualquer maneira. Só há uma pessoa em toda a casa que, sim, notará seus movimentos, mas não tem problema, Carlinhos nunca faria nada que a prejudicasse. *É meu único amigo aqui...*

— • —

Era seu aniversário, um sábado de samba e sol com as melhores amigas, Aline indicara um bar interessante com chope dos bons, petiscos veganos, música excelente. Tudo perfeito para celebrar os trinta anos — e tudo pareceu ainda mais incrível quando Eduardo chegou perto, interessado e interessante, "seu número de homem": gato, bom de papo, bom de cama.

No dia seguinte, ele ligou perguntando como tinha dormido, queria saber se podiam marcar algo mais íntimo, que estava pensando nela sem parar, que delícia, que delícia. Desligou sorrindo, considerando que Eduardo era exatamente como os outros, nessa urgência de homem de tomar o corpo, de sentir calor. Mas os dias, a semana, o mês, e Eduardo presente, a intimidade crescendo, o namoro engatou, e ela nem percebeu passar o tempo. Não estava apaixonada, mas isso sempre levava tempo, pois Carolina (aquela Carolina do passado) era uma mulher muito livre, muito feita, muito cabeça-dura — que gostava de controlar tudo, saber exatamente onde pisava.

Oito anos depois e aqui está ela, permitindo-se um futuro desconhecido — ainda que tenha um plano e muitos desejos. Aqui está: pisando nesse abismo do hoje, desejando pisar em nuvens amanhã. Não sabe como será, mas, por enquanto, decidiu seguir tateando possibilidades, ser guiada por incertezas, porque, afinal, o que conhece é o que vive: o noivo, sua casa milionária, sua família indiferente.

Eduardo, que afinal não é como os outros, é homem com fome impossível de alimentar. Tão vazio como nenhum outro que conhecera, é cheio de necessidades, tem sede infinita cuja fonte é sua energia, seu eu; tudo para insuflar o ego dele, nessa dependência (jamais admitida) de ter de ouvir sempre que é bom, muito bom, sim, meu gato, você é o melhor, você é tão perfeito que sou sua, só sua, que sou feliz. Aprendeu a dizer da boca para fora, a repetir o que fosse preciso para o gozo de Eduardo. E, se no começo até achava bonitinhos os exageros infantis de um brutamontes como ele, depois foi se esgotando pelas ligações repetidas durante o dia, pelas mensagens afobadas e fora de hora ("sonhei que você estava me traindo, onde você está, quero te ver agora...").

Não é como os outros que conheceu — e, depois dele, não pôde conhecer mais ninguém.

Por que não conseguia dizer "não" a Eduardo? Todos os homens anteriores ouviram suas negativas. Todos, menos Eduardo.

Por quê?

Sendo diferente dos outros, naquela noite, quase madrugada, apareceu de surpresa. Seu pai acordou assustado, querendo saber o que estava acontecendo, que barulheira era aquela na sala? *É só Eduardo, papai, esse nome cada vez mais frequente em minha boca, em nossa casa. Durma, não se preocupe, não se preocupe, está tudo bem.* A mãe tentou avisar que não soava muito normal essa ansiedade toda, que história era aquela de fazer as malas para ir morar junto com tão pouco tempo de namoro e, assim, sem mais nem menos, no meio da noite?

Mas, mãe, é que ele é Eduardo... e Eduardo é singular, tem pressa, urgência de dormir tranquilo, com a mulher do lado dele, sem esse apuro de acordar sem saber onde estou, com quem, sofrendo pela desconfiança de que eu esteja por aí com outro, coitado. Além disso, não se preocupe, é homem bom, atencioso, de família muito boa.

Oito anos antes, mas às vezes sente que o conhece há décadas, há milênios, muito antes de vir ao mundo. Em outros momentos, parece nem arranhar a superfície do seu ser. E é esta a sensação que tem predominado, é assim que Carolina se sente: dormindo com um estranho, doando a vida a um desconhecido.

Por isso está sempre nostálgica, carregando saudade da família, das amigas — mesmo consciente de que estão todos nessa mesmíssima cidade, fica pelos cantos, consumindo memórias do passado, tentando se lembrar da última vez que conversou sem pressa, que se divertiu sem culpa. A verdade é que seu corpo havia se tornado território do medo de se prolongar em qualquer coisa que não tivesse relação com Eduardo. Vive perturbada pela possibilidade de dar qualquer motivo para que o noivo se zangue. Ao mesmo tempo, convive com uma vergonha muito íntima por se flagrar inventando desculpas para, simplesmente, não aparecer em festas, encontros, reuniões — e, quando muito, para ir embora sem nem ter chegado de verdade.

Tudo porque se cansou. Em algum momento, entendeu que era mais fácil fugir de problemas. Ficar em casa evitava ter de explicar a Eduardo que não chegou antes porque o trânsito estava complicado, porque o metrô parou, porque o papo estava tão bom que até perdeu a hora, porque quis ficar mais um pouquinho, tinha tanta saudade. Ah! Era exaustivo ouvir todas as aflições, as chantagens, os palavrões, para, então, ter de lançar promessas de que não aconteceria novamente, meu gato, nunca mais etc.

Muitos *et ceteras.*

As amigas, a irmã, a mãe (principalmente a mãe) tentaram arrancar dela verdades escondidas, fazê-la conversar sobre o que sentia. Mas ignorava — chegou a brigar com Aline por desconfiar de que aquele papo da amiga sobre psicóloga e abuso fosse apenas inveja.

Lamenta não ter conseguido enxergar as teias invisíveis em que se prendera. Mas não adianta se enganar, ainda que visse e tocasse a fina teia de medo e mentira, antes só conseguia concluir ser ela própria a aranha. "Pois a escolha é minha, somente minha. Edu não me aprisiona, posso ir embora na hora que quiser", aranha se envenenando com doses diárias de violência.

Precisou de tempo para entender, desembaraçar-se. Tem sido um processo de muita dor, cutucadas em vazios latejantes, e sabe que o rompimento definitivo com as narrativas dessa enorme teia ainda levará tempo, precisará de ajuda. Mas, bem, agora ela aceitará ajuda. *É o que importa.*

Pois já não é aquela Carolina-antes-de-Eduardo. Tampouco a Carolina-do-Eduardo. É Carolina que nasce hoje, nasce de seus escombros. *Ele jamais entenderia.* Certamente Eduardo, para disfarçar a ferida, chamará tudo isso de: covardia. Um caminho de fuga, falta de comprometimento, incapacidade de fazer o que é devido. *Mas o que é, afinal, o devido, o esperado de uma mulher, Eduardo?*

Que ele e sua mãe pensem como quiserem, pois ela sabe a sua verdade: não é fuga, é escolha, é liberdade.

Se pudesse enfrentá-lo, diria que sente muito por ter sido quase outra mulher — ou, melhor, não ter sido mulher nenhuma. E que a verdade é que ela nem deveria ter saído da casa dos pais, pois *essa vida que levamos, Eduardo, é uma grande mentira!* Essa rotina artificial, essa história da carochinha que construíram ao longo de oito anos? Engano puro, estavam apenas caminhando para os lados, para trás. Casamento? Que bobagem! Ela sabe exatamente qual lugar ocupa em sua família, o não lugar. Mas que ele não se aborrecesse de todo, porque é verdade que houve uma época — nem se lembra quando — em que sonhava acordada com a cerimônia, o vestido branco, a aliança na mão esquerda, mas agora? Era coisa que a atormentava. Que ele soubesse que, só de pensar nisso, *sinto vontade de rasgar o véu, queimar a grinalda, despetalar cada uma das flores do buquê.*

DOMINGO | 183

Bem me quer, mal me quer, *não te quero nunca mais, Eduardo.*

Dali por diante, será Carolina Antunes, sem marcha nupcial ecoando no peito, seja em pesadelo ou sonho. Agora, é uma mulher que não merece e não quer viver essa história. Não, e não, e não. *Estou falando "não" para você, Eduardo Albuquerque Duarte!*

Seu único desejo hoje é ser leve, poder andar, falar, pensar do jeito que lhe convém, sem temer questionamentos, sem invasões. A verdade mesmo, ele deveria saber, é que desde o primeiro dia em que botou os pés nessa mansão, enxergou seu futuro sem formas e cores, porque nessa casa e nesse noivado o amanhã não existe, nunca existiu, há apenas uma repetição dolorida de ontem — de um hoje sem esperanças. Mas ela, Carolina Antunes, não aceitará mais essa sina, está indo embora — e ninguém poderá convencê-la do contrário.

Eu sou Carolina Antunes, eu sou Carolina Antunes.

É bom falar seu nome, lembrar-se de quem é. Dá um gosto bom na boca, um gosto de ferro, pensar em cada uma dessas palavras que poderiam ser ditas a Eduardo, mas não serão. Nunca. Até chegou a senti-las na língua, preparadas para se atirar no lindo rosto do noivo, mas foram engolidas uma vez e outra mais — e acabaram crescendo dentro dela. Nos últimos meses, as viagens constantes de Eduardo fermentaram a vontade de fugir dali, escapar sem precisar se explicar. *Está tudo tão claro, Edu, não está?* Conversa com esse homem do retrato, cujo olhar de tigre ainda lhe causa calafrios, mas que hoje está tão distante e amanhã será apenas *mais um homem que passou na minha vida.*

Ainda não é apenas mais um, mas acabará sendo, sabe disso, fará tudo para que assim seja. Quantos relacionamentos longos têm fim, quantos amores viram dissabores? Essa não é uma história inédita no mundo: é reprodução de enredo sem final feliz.

Final bem diferente do que acreditava aquela Carolina aos trinta anos, a mulher que sonhava a liberdade ao lado do homem gentil que conheceu ao som do samba. Mas, desde então, sonhar e acreditar perderam espaço — seus dias foram sendo sistematicamente ocupados pelo verbo "precisar":

preciso sentir você,

preciso que você me entenda,

preciso que você me apoie,

preciso de você em casa,

preciso que você não faça isso,

preciso que você cale a boca, Carolina. "Eu te dou tudo, e você continua me enchendo o saco, que inferno. Tudo o que você precisa fazer é parar com esses caprichos."

Caprichos. Nome que Eduardo dá aos prazeres de sua noiva, a mulher que diz amar: ir ao cinema, sair com as amigas, visitar os pais, viajar com a irmã, voltar a trabalhar como enfermeira.

Por que você tem que ir para a casa da sua mãe toda semana? Por que você anda sentindo tanto sono? Você anda muito quieta, tá pensando em quem? Com quem você tá falando? Arruma esse cabelo, tá parecendo uma "zinha". Aonde você pensa que vai com essa regata marcando os peitos? E essa calça indecente? Você tá ridícula com essa roupa, Carolina. Quem mandou mensagem a essa hora? Não fez as unhas essa semana? Tá sem vontade de se arrumar pra mim? Para de besteira, vem cá que eu quero trepar. Não me venha com esse papo, chega dessa conversinha. Eu faço tudo por você, Carolina, queria que demonstrasse pelo menos um pouco de gratidão.

Travessões em sua pele, em sua alma. A voz de Eduardo é eco em seu corpo, lhe dá arrepios. Reconhece esses barulhos: é o medo de não conseguir, é a culpa de deixá-lo, é a incerteza de ser alguém sem tantas cicatrizes. Esse é o som da infelicidade, ruído de medo em seus ouvidos, vinte-e-quatro-horas-por-dia, sete-dias-da-semana.

Mas é chiado que silenciará, que não escutará mais. Não mais, não depois de fechar todas essas malas.

— • —

Certa vez, sua mãe lhe disse que Eduardo não era capaz de amar de verdade porque não podia reconhecer o amor. "De nada adianta todo esse esforço, Carol..."

Ela tentou, fez de tudo para demonstrar que, sim, Eduardo, eu te amo, faço tudo por você. Será que não entendia que somente por amor é que Carolina tinha desistido de quase tudo para estar ao seu lado? Será que não percebia que estava sempre correndo para atendê-lo, para estar o mais disponível possível? Será que nem mesmo se lembrava das lágrimas que ela derramou naquela noite em que, num apuro, deixou sua casa, seu espaço, sua rotina anterior, aceitando começar a vida a dois sem nem terem pensado nisso juntos? Será que nunca seria capaz de olhar para ela, de verdade, enxergando alguém para além de um corpo?

Mas o que ela esperava, se tudo começou no improviso de uma mala, no desejo monocrático de um homem com pressa? Se nunca deveria ter abandonado a Carolina-do-passado, agora, portanto, passava da hora de voltar, de recomeçar.

Não, não passa da hora, não é tarde — não acreditará nessa ideia aprisionante nunca mais. A partir de hoje, dormirá em lençóis com cheiro de lar, acordará com os latidos dos cinco cachorros de Cibele no quintal. Voltará a se olhar no espelho, reconhecendo-se, sem a náusea de ser um não alguém, sem o asco por mais uma noite entregue ao homem que domina até a última célula de seu corpo, nessa confusão entre amor, dependência, posse. Voltará ao seu clã, ao seu lugar no mundo, ao lado das pessoas que a tornam melhor e mais forte — e não o contrário.

Ninguém pode imaginar a ansiedade que experimenta nas últimas horas, só de vislumbrar um amanhã com o falatório familiar. Segunda-feira despertará longe dessa enorme casa de sombras e assombrações, finalmente liberta desse lugar que a repele. Pois é assim que se vê nos olhos de dona Albertina: uma infecção febril e purulenta sobre sua pele intocável, sua estirpe preciosa.

A verdade é que nunca soube exatamente por que quis tanto ser aceita pela sogra. Vaidade, orgulho? Por saber que Eduardo idolatra a mãe mais do que a qualquer pessoa? Talvez seja um pouco de tudo isso. Ou ainda por se identificar com Albertina: mesmo que sejam o oposto uma da outra, mesmo que repudie quase tudo o que vem dela.

Mas é fato que, desde o primeiro dia vivendo sob esse teto, soube que, acima de tudo, era preciso desvendar Albertina — conhecer a mulher por trás da voz apática, do olhar cortante, dos modos formais. De sua rotina intocável, inteirou-se já na segunda semana: coloca-se de pé às seis da manhã, de segunda a segunda, toma banho, arruma-se e desce à copa, onde as empregadas aguardam com a mesa posta. Toma duas xícaras de café com meio pão e queijo branco. Lê o mesmo jornal que assina há mais de trinta anos. À aproximação de outras pessoas, responde apenas com um bom-dia, sem tirar os olhos do papel, reduzindo a conversa matinal às críticas ao noticiário, que faz apenas com onomatopeias: tsc, tsc, tsc.

Logo aprendeu também que Albertina é o tipo de pessoa que detesta discussões — e, quando se dá ao trabalho, o faz estritamente a negócios. Educada em um tradicional colégio de freiras, domina o francês fluentemente e arrisca-se no latim, mas limita o uso dos idiomas aos livros, que lê toda tarde, na companhia de um chá. Raramente viaja, mas, quando se dispõe, os destinos se restringem às suas fazendas ou a Paris — no máximo, passa pela região da Toscana, na Itália, onde vive uma amiga.

Rotinas e manias foram fáceis de descobrir, bastaram poucos meses de convivência. Mas levou muito mais tempo para se inteirar de detalhes sobre Albertina, que lhe permitiram tocar profundamente a história dessa mulher (quase) impenetrável. Não fosse a amizade com Maria e Darcilene, as empregadas mais antigas da casa, talvez não soubesse que o casamento de Albertina e Carlos vivia estremecido — e, bem, é aí que Carolina viu nascer a improvável identificação entre elas.

A começar pela semelhança entre Carlos e Eduardo, evidente nos retratos esparramados pela casa. Fosse apenas fisicamente, Carolina não levaria as comparações adiante, mas os dois pareciam ter uma tal capacidade — herança de pai para filho? — de criar a solidão ao seu redor, de alimentar inseguranças... Será que Albertina, então, se sentia como ela? Essa pergunta nunca mais a abandonou.

Afinal, segundo as duas lhe contaram, Carlos era um "desses homens da noite". Bonitão, galante, boa prosa, sempre rodeado de muitas pessoas, sempre promovendo festas. Isso, falando do homem que conheceram nos primeiros anos de trabalho. Naqueles tempos, Albertina vivia uma espécie de vigília: à noite, depois do jantar e de colocar os meninos na cama, passava horas caminhando de um cômodo a outro, olhando os relógios. Não ia para o quarto até que tivesse qualquer sinal do marido. Era como se desconfiasse de que, a qualquer momento, ele não voltaria mais.

E, realmente, não voltou — por dois ou três dias seguidos. Nada souberam, só testemunhavam os movimentos de Albertina, certas visitas, tudo muito sério, sigiloso. Quando Carlos apareceu, estava abatido, carregava uma tristeza inédita no rosto. Mas então o tempo foi passando, e lá estava ela de novo, colocando os meninos na cama, andando feito assombração pela casa, olhando os relógios, ouvindo o ressoar da madrugada bater à sua porta.

O fim da vigília de Albertina — ao que pareceu aos olhos de Maria e Darci — deu-se naquela vez em que Carlos recebeu os amigos para a (última) festa em casa. Era tarde da noite, todos os convidados já tinham ido embora, as duas se lembram de estar na cozinha, lavando as louças, quando ouviram o som de cristais sendo quebrados na sala de estar. Foram correndo, alarmadas, e encontraram Carlos rindo e chorando, cantando e dançando sozinho, maluco. Tinha derrubado todas as taças da mesinha de centro, tropeçado nas próprias pernas, bêbado como nunca antes. Dividiram-se nas tarefas de limpar aquela sujeira, passar um café bem forte para dar fim àquele estado de embriaguez e, com sorte, evitar que ele fizesse novos estragos naquela casa tão cheia de objetos quebráveis.

Mas então, diferentemente de outras ocasiões, em que permanecia trancada no quarto, Albertina apareceu, encarando-o. Quando deram conta, o homem tinha desembestado a falar, com aquela língua mole e enrolada, que tinha botado filho em outra. Cataram os cacos no chão, deixaram a garrafa de café à mesa e abandonaram marido e mulher em mudez estranhíssima: não ouviram nada além da enorme porta de madeira se fechando. Meses depois, Albertina estava grávida, à espera de Eduardo.

"O menino nem desmamado tinha, e ela já tava esperando Sofia, a menina que ela tanto queria. Foi nessa época que seu Carlos passou a ficar em casa, largou a vida que levava. Viviam um mais jururu que o outro."

Depois de saber essa história, nunca mais olhou Albertina da mesma forma, tinha compaixão e raiva, sentia-se vingada e, ao mesmo tempo, estranhamente traída. Nos primeiros momentos, ao ouvir tais memórias, Carolina sentiu uma alegria barulhenta: riu, pensando ser muito bem feito que aquela mulher esnobe tivesse sofrido. Chegou a dizer isso para Maria e Darci, mas, assim que se ouviu, arrependeu-se: que mulher, afinal, merece ser tratada desse modo?

Foi então que se enxergou do outro lado desse torto espelho: olhava para as fotografias de Eduardo e via Carlos — e, em paralelo, encontrava-se nos olhos azuis de Albertina, tão diametralmente diferentes dos seus. O sorrisinho dela, afinal, não era semelhante àqueles de suas próprias fotografias?

Assim, pelos ecos de um passado alheio, tornou-se insegura, traçando destinos entre pai e filho, nora e sogra, perguntando-se se, enfim, será o mundo apenas uma repetição de sentimentos, uma reprodução de dores? Pensava em seu relacionamento com Eduardo, nas promessas de se mudarem dali, viverem sua própria história, construírem uma família, serem felizes.

Perturbada por essas reflexões, consumida pela imagem de Albertina em si, começou a buscar pontos de convergência entre passado e presente, ouvindo as conversas de Eduardo — até mesmo aquelas a portas fechadas com sua mãe —, lendo mensagens e checando ligações no celular dele. Até o dia em que foi flagrada. Não deu tempo de disfarçar, nem de se proteger: ele entrou com tudo no quarto, puxando seu cabelo, ameaçando-a sem hesitar, perguntando, afinal, quem ela achava que era para fuçar nas coisas dele.

Quem era ela?

Pendurou-se nessa interrogação durante toda a noite e a madrugada, chorando em silêncio, enquanto ouvia o sono tranquilo daquele homem que enchia a boca para responder quem era, de onde vinha, tão cheio de certezas. Quem ela era? Mas, no dia seguinte, ele veio cheio de dengo, pedindo desculpas, dizendo que tinha perdido o controle, que nunca mais faria algo do tipo, que ela era a mulher de sua vida e nunca mais deveria invadir as coisas dele, "é só isso que você precisa fazer, Carolina, me respeitar, entende?". Até tentou forçar um sorriso, mas nem isso conseguiu. Disse apenas que sim, entendia, não deveria ter feito aquilo, não repetiria o erro.

Assim, passou a viver sua própria vigília, controlando o olhar, medindo a fala, refugiando-se no silêncio — exceto quando achava que isso poderia deixá-lo desconfiado, então tentava dizer alguma coisa, qualquer coisa, da boca pra fora, sempre funcionava. E, de modo instintivo, sem nem perceber, também passou a fechar os olhos todas as vezes que Eduardo tocava seu corpo, pois era sempre um susto.

E, de olhos cerrados, Carolina se encontrava com perguntas incômodas: por que, afinal, continuava ali? Por que se deixava consumir na busca da alegria que, um dia, tinha sentido ao lado daquele homem (ou só pensava ter sentido)? Era por amor a Eduardo, por vício seu? E então, Carolina, você é uma viciada nele, você não se ama? É por falta de amor-próprio que está aqui? Se amor a ele ou falta de amor a você — será, portanto, que um elimina o outro? Por fim, a mais dura de todas: o que a Carolina de anos antes pensaria ou diria de si mesma, se pudesse se observar?

Uma coisa era certa: aquela Carolina jamais poderia se imaginar refém do medo, do medo dentro de casa. Mas o que a Carolina-do-passado poderia saber? Como poderia julgar a Carolina-de-hoje se não fazia ideia de tudo por que passaria, alheia ao quanto poderia se afastar de si mesma?

Vivia submersa, cada vez mais assombrada por questionamentos sem respostas, por angústia e culpa.

Até que ontem: estava sozinha no quarto, olhando-se no espelho, e, de repente, percebeu-se em estado de graça. Sentiu-se essencialmente feliz, pois as respostas que tanto procurava borbulhavam em suas pupilas brilhantes. Carolina, você fez as perguntas erradas! Você não tem de se perguntar por que está aqui, por que amou ou deixou de amar um homem. Você não precisa se explicar a ninguém. Você, Carolina, é uma mulher livre, bonita, forte. Não é você quem deve viver com culpa.

Não! As perguntas não devem se direcionar a você, Carolina, e sim a Eduardo: por que é como é? Por que faz o que faz? Por que não é capaz de amar, de respeitar? Por que, afinal, existem homens como ele — tão diferente dos outros que você conheceu (mas tão igual a tantos outros, Carolina, não se engane)? Não é você a meia mulher, Eduardo que é meio homem, homem nenhum. Você é inteira, Carolina.

Perguntas erradas trazem respostas erradas. Então era isso. Sorriu, sorriu e chorou, abrindo armários, gavetas, tirando tudo do lugar — ou colocando tudo no lugar? A decisão monocrática, agora, pertencia a ela, a Carolina que se encontrou no espelho de seus olhos. Ligou para Cibele; a irmã chorou de alegria, é claro que a receberia em casa, estaria à sua espera quando quisesse, e Carolina, do outro lado da linha, rindo, jogando tudo no chão, o corpo num êxtase — leve e trêmulo.

Dobra a última roupa do armário e fecha a segunda mala. Agora faltam apenas alguns sapatos, a maquiagem, perfumes, uma ou outra joia. Há caixas de papelão e sacolas por todos os cantos, mas não levará nada disso. São todos objetos que não deseja, que contam sobre um passado que quer esquecer.

Alcança a pasta vermelha na caixa de documentos. Ali está a papelada de admissão e demissão do hospital, registro dos meses em que experimentou a esperança de, finalmente, poder voltar a exercer enfermagem, a ter uma vida para além daquela casa. *Amanhã começo a enviar currículos*, não quer esperar nem mesmo um dia. Além disso, quer conversar com Henrique e Sofia, precisa dizer o quanto é grata por tudo o que fizeram para ajudá-la e, quem sabe, dali a pouco tempo estaria com novo emprego, podendo compartilhar essa felicidade com os dois, sempre tão gentis?

— • —

"Amor, eu sei que você acha que tem que trabalhar, que vai ser bom, mas pra que se incomodar se você pode ter tudo o que quiser? Basta você me pedir que eu te dou, o que você quer, Carolina?"

Quanta ironia... Ele respira o trabalho. As terras, o café, o gado, a ambição: legado de Albertina que Eduardo faz questão de cultivar. Os últimos meses têm sido prova da intensa dedicação, com viagens regulares às fazendas no sul de Minas, no interior paulista e na Bahia, especialmente à gigantesca Santa Luzia, principal sede dos negócios cafeeiros — e, há nove meses, sem a presença de Ernesto.

Desde que o caseiro de confiança da família perdeu o sobrinho e precisou se afastar da supervisão dos plantios e das colheitas, Eduardo assumiu o posto, administrando funcionários da fazenda de perto, além de continuar exercendo as demais funções de sempre. Por isso, praticamente passou o último ano na estrada, resolvendo todos os problemas com a competência inquestionável para gerenciar os negócios da família. É o braço direito e de ferro da mãe e, entre uma viagem e outra, tranca-se com Albertina no escritório em longas reuniões, ficam pela casa trocando cochichos, olhando-se daquele modo cheio de significado.

Com tais urgências impostas, Carolina viveu meses de tranquilidade — Eduardo voltava das viagens muito cansado e muito saudoso, tratando-a com tanta doçura como não fazia havia muito tempo. Inclusive, certa vez, chegou a falar sobre a possibilidade de se mudarem para a Santa Luzia, quem sabe não poderiam viver em um lugar menos urbano, perto de mato e passarinho — que, no fundo, era coisa por que nutria paixão desde menino? Ela ponderou a possibilidade de reconstruírem o relacionamento envoltos de paz — e, afinal, considerou que viver em outro lugar era, sim, uma ideia feliz.

Tantas semanas sem Eduardo em casa, a vida ganhava ares leves, Carolina fugia da rotina de Albertina (e sabia exatamente como fazer isso), indo para a casa da mãe e passando dias seguidos distante, curtindo o sossego do lar sem as chateações comuns do dia a dia. Voltava ao casarão, mas não se fazia notar, permanecendo quase todo o tempo na cozinha, conversando com Maria e Darci e ajudando no preparo da comida, a dar conta da louça. O trabalho e os papos a distraíam, o tempo passava de modo menos arrastado, e, quando se dava conta, já era hora de ir para a cama.

Mas o tempo livre — sem as ocupações com Eduardo e suas inúmeras necessidades — também lhe permitia pensar. E pensar a fazia sentir. Por isso perdeu o sono tantas noites, refletindo sobre a vida, as escolhas que fizera e que faz diariamente, relembrando tudo o que havia acontecido para que, então, estivesse nesse lugar: deitada solitariamente em uma cama de casal, diariamente se escondendo pela casa, se escondendo de si mesma. Questionando-se: por que não usava o tempo de sua vida para fazer o que, lá no fundo — mas nem tão fundo assim —, sabia que mais desejava?

Foi em uma dessas madrugadas insones que teve a ideia de comentar sobre o assunto com Sofia, o que acabou fazendo num domingo de março, em uma das longas viagens de Eduardo às fazendas baianas. Disse sem grandes pretensões — afinal, havia anos não exercia a profissão, não considerava fácil conseguir emprego com tantas pessoas mais ativas precisando trabalhar. Então, Henrique a surpreendeu com a notícia de que estavam com algumas vagas abertas no hospital e que encaminharia o currículo dela com muito prazer. Ah, o frio na barriga que sentiu! Só de se enxergar ali, no sorriso dos dois, encheu-se de expectativa.

Naquele domingo, porém, foi dormir com um peso no peito, sentindo-se uma aproveitadora, amargando a culpa por ter esperado o noivo se ausentar para, então, sair da moita. Dormiu e sonhou com uma briga terrível, acordou assustada de madrugada, mas pensou outra vez, sentiu o arrepio da alegria vivida no almoço. Deveria, sim, enfrentá-lo. Se ele realmente a queria feliz, entenderia que aquilo era o que ela mais desejava na vida.

Eduardo voltou, o jeito doce na boca, cheio de carinhos e a "saudade que não suportava mais sentir da sua mulher...". À noite, já deitados, criou coragem e puxou o assunto, contando-lhe sobre as vagas no hospital, a conversa com Sofia e Henrique, a euforia que sentiu pela possibilidade de voltar a trabalhar, e, bem, com tantas viagens importantes dele, não fazia muita diferença se ela estava em casa ou não. Quando voltasse das fazendas, os dois se veriam do mesmo jeito, ela prometia, jurava por tudo quanto é mais sagrado.

Ele ouviu tudo em silêncio e, assim que ela terminou de falar, se virou na cama e logo dormiu. Carolina permaneceu minutos sentada, olhando para as costas do noivo, surpresa com a reação — que nem na projeção mais estranha seria capaz de prever. Era a pior resposta que poderia receber, sem dúvida. Ser ignorada era insuportavelmente dolorido.

Mas insistiu no outro dia e mais outro, e nada de sim ou não, ele apenas lançava aqueles olhos desconfiados. Então, recebeu o e-mail do RH do hospital chamando para a entrevista. Foi sem aviso, decidiu arriscar. Dias depois, leu, incrédula, a mensagem de congratulações, deveria começar dali a duas semanas. Comemorou com Sofia, ao telefone, sentindo uma mistura de medo e contentamento — o que Eduardo diria, o que faria depois de tanto silêncio em torno do assunto?

"Arrume suas coisas e vá trabalhar, Carol. Meu irmão não tem que apitar em nada. Não tem esse direito. Amanhã conversamos, Henrique não pode ir, mas vou almoçar com vocês, ok?"

Então, à mesa, Eduardo finalmente reagiu, revirou os olhos, fez cara feia, acusou Sofia de ser uma intrometida, mas nada muito enérgico. Concordou que a noiva trabalhasse, "se queria tanto...". Foi um dos dias mais alegres do ano, um maravilhoso domingo de outono.

Foram quatro meses de um cansaço delicioso no corpo e na mente. Horas seguidas de plantão, madrugadas atravessadas à base de café e adrenalina, mas estava sempre sorrindo, envolta pela atmosfera de liberdade, de dedicação apaixonada. Gostava tanto do que fazia que, às vezes, se sentia tomada pela vontade de abraçar colegas e pacientes, sair proferindo pelos corredores o quanto se sentia satisfeita por estar exatamente onde estava. Afinal, desde os nove anos dizia que seria enfermeira — e cumprir com a palavra daquela garotinha sonhadora era entusiasmante.

"Para que ficar tão felizinha por causa de um emprego de merda?"

Demorou cinco semanas para que Eduardo saísse do silêncio daqueles olhares desconfiados, passando às perguntas e às acusações. Implicava com tudo relacionado a seu trabalho, passou a especular cada nome que citava, dizia não entender o desejo estranho de passar noites em claro para cuidar de gente doente. "Ou você tá me escondendo coisa, ou você que é uma doente, Carolina, para querer uma coisa dessas quando pode ter tudo de mão beijada."

Durante suas viagens, ligava com uma frequência impossível de ser atendida, durante os turnos ou mesmo fora deles, era irrespirável. Cada vez que conversavam, Eduardo derramava reclamações sobre a má vontade dela em falar com ele, chamando de "descaramento" aquela história de ficar soltinha por aí, cercada de um bando de marmanjo madrugada adentro. Já quando estava na cidade, rondava o prédio do hospital, Carolina via a caminhonete preta parada na esquina. Era um inferno voltar exausta para casa e ter de enfrentar Eduardo, quando apenas desejava tomar um banho quente e dormir.

"Você é uma filha da puta, Carolina. Quer me ver infeliz, depois de tudo o que eu fiz por você, joga na minha cara que não tá nem aí, arrumando empreguinho fuleiro, como se fosse qualquer uma, se engraçando com médico safado. Você acha que não sei dos quartinhos que tem nos hospitais? Você pensa que sou idiota, Carolina?"

Respirava fundo, negava tais bobagens e prendia-se à ideia de que, em breve, ele voltaria à estrada, e, assim, poderia ficar em paz, dormir tranquila. Mas então Eduardo começou a evitar as viagens, pedindo a Albertina que enviasse Frederico vez ou outra, que chamasse a atenção de Marcos — pois, se o irmão fizesse a contabilidade direito, ele não precisaria "sair resolvendo tanta cagada"; e que ela puxasse a orelha de Cícero para se esforçar mais, "ele e aqueles filhos inúteis", porque tudo caía no colo dele, também tinha o que fazer, tinha uma vida.

E a vida dele era Carolina — e, claro, deveria haver vice-versa. Pouco a pouco, então, voltou o sufocamento de viver vinte e quatro por sete com Eduardo, numa crescente sufocante de ligações, de caminhonete na esquina, de brigas em casa.

O último plantão foi marcado por casos gravíssimos após um acidente envolvendo dois ônibus. Entre mortos e feridos, lidou com dezenas de mensagens e com o medo de que Eduardo entrasse a qualquer momento ali, obrigando-a a voltar para casa. Presa em cirurgias seguidas, com sangue e gritos de dor atravessando as horas, Carolina acabou estendendo o turno — assim como parte da equipe da madrugada. Chegou em casa ainda sensibilizada pelo sofrimento de pacientes e seus familiares, certa de que teria de explicar por que não lhe respondera mais nem sequer atendera uma das quinze ligações registradas entre sete e nove horas da manhã.

Abriu a porta principal aos suspiros, sentindo as pernas latejarem, quando deu de cara com Eduardo no topo da escada. Sim, já esperava que ele fosse reagir muito mal, mas estava em casa, poderiam conversar, ela contaria tudo e... quando percebeu, ele vinha em sua direção feito um animal, correndo em disparada; segurou seu braço, levando-a pelos degraus sem nem escutar o que ela tentava lhe dizer. Abriu a porta do quarto e a arremessou contra a cama, como se fosse um saco de café. Caiu no chão, sem jeito, a bolsa estava aberta, esparramando carteira, celular, crachá, absorvente. Ela e as coisas, despejadas. Nesse dia, Eduardo gritou de modo mais assustador do que nunca. Ela sentiu tanto medo que pensou que morreria ali.

Após trovejar todo o ódio sobre o corpo de Carolina, ele a deixou sozinha no quarto, em posição fetal, chorando sem lágrimas — tamanha era sua dor, que chorou para dentro. Ela só notou a passagem do tempo porque os raios solares chegaram ali, naquele cantinho onde estava. Mas nem o calor do sol a esquentou, estava tremendo, sentindo um frio que vinha dos ossos.

Em certo momento, ouviu as vozes de Maria e Darci, tinham vindo verificar como estava, aproveitando que não havia mais ninguém em casa. "Ponha a menina na cama, Darci. Venha, Carolina, trouxe um chá que vai acalmar seu peito. Vou te fazer uma compressa, você se machucou?", a voz de Maria parecia distante, escutava tudo meio abafado. Tomou um pouco do chá e dormiu por teimosia. Queria se esquecer daquele dia, das dores no corpo, de que estava estilhaçada — pior do que morta.

"Vai ser melhor assim, meu amor, nós precisamos ficar mais juntos, sinto sua falta aqui comigo. Eu te amo mais do que você pode imaginar", ele disse, entre sussurros e abraços, assim que ela voltou para casa com a rescisão assinada.

Então, restabelecida a paz de Eduardo, as viagens voltaram a fazer parte de sua agenda. E o tempo para pensar e sentir, à vida de Carolina.

Olha para o canto do quarto, cenário dessa lembrança que ainda lateja no peito e nas costas. Faz pouco mais de um mês, mas é como se fosse ontem e hoje, como se fosse todos os dias e nenhum. Uma memória borrada, ao mesmo tempo tão vívida. Depois daquele maldito dia, ainda testemunharia o escândalo de Eduardo contra a irmã e o cunhado — com acusações descabidas, levantando suspeitas sobre as motivações de Henrique em ajudá-la. *Mas que merda de relacionamento é esse, Carolina... tantos anos...*

Guarda a pasta vermelha na malinha de mão, esses papéis, sim, devem ir com ela — para que se lembre sempre de seus propósitos, de que não deve ser menos do que deseja, de que jamais deve abrir mão nem das pequenas, nem das grandes liberdades. De que não deveria, nunca mais, se relacionar com quem não a respeita, com quem não acredita em seus sonhos.

— • —

O almoço deste domingo teve sabor diferente. Olhou cada uma daquelas pessoas à mesa, rostos íntimos que acompanharam sua história durante quase uma década. Foi passando pelos assuntos sem embarcar em nenhum deles, observando o modo como cada um comia, bebia, falava e ignorava completamente o que estava acontecendo.

Era o último dia dela ali.

Nunca mais estaria presente na reunião semanal, servida das diversas iguarias — tantos pratos enchendo a mesa, tanta falta de fome em seu estômago. Emagreceu sete quilos nos últimos dois meses, o corpo recusando até cuidados básicos.

Mas hoje? Comeu com vontade, comeu pela excitação do segredo, pela alegria de levar seu plano adiante, pelos sorrisos aliados de Maria e Darci — que, entre um prato e outro, serviam Carolina de piscadelas invisíveis aos demais olhos à mesa. As três provando o sabor de despedida na boca, de liberdade no peito.

No dia anterior, contou-lhes a decisão de partir. Descreveu o passo a passo para que nada desse errado — e, caso percebessem qualquer hesitação, que, por favor, não permitissem dúvidas; que a lembrassem que vivia uma mentira, que estava morrendo em vida — e que isso era um desperdício. Afinal, ir embora permitiria que tentasse ser feliz, que cuidasse de si. Que já era hora e que tudo daria certo. Sim, esse domingo daria ponto-final à nova-antiga vida.

Abraçaram-se, choraram, passaram o sábado emocionadas, em um misto de felicidade e alívio. Na caixa ao lado da cabeceira, estão todas as roupas, os relógios, os sapatos e vários presentes que Edu lhe dera — que ficariam para as duas, lembrança dela, alguém que as ama e quer bem.

Pela janela, vê o céu do dia se desmanchando em raios alaranjados, a promessa é de uma noite quente. *Daqui a pouco as duas sobem, preciso correr com essa mala, tá ficando tarde...*

Pensa nisso, alisando a aliança com o dedão, mania que adquiriu há anos. Ainda não conseguiu tirá-la, mas será um passo importante. O anel ficará junto aos demais objetos, deve ficar: pois será a única mensagem para Eduardo, seu único e último consentimento — o peso da aliança, o peso de quase uma década. Para trás.

— • —

Desliga o telefone, a mãe está feliz e aflita, pois mais do que ninguém sabe o quanto está sendo difícil tomar atitude tão drástica. Sair sem se despedir, sem se explicar, sem dar espaço para ouvi-lo... "Está longe do ideal, mas é a única maneira de você dar fim a tudo isso, filha, seu relacionamento está morto há muito tempo."

O retrato de casamento de Albertina e Carlos — que fica no centro do aparador, no *hall* do casarão — lhe vem à cabeça. No espelhamento entre suas histórias, essa imagem dos sogros sempre se destacou. Sorri. Hoje, já não enxerga mais sua sombra e a de Eduardo ali, na promessa de serem marido e esposa até que a morte os separe. Porque é ela quem vai separá-los. De agora em diante, também se afastará de uma vez por todas da ideia de ser (ou pensar ser) o reflexo de alguém como Albertina.

Carlinhos.

O som no quarto ao lado a desperta das reflexões. Durante o almoço, ao observá-lo, pensou mais de uma vez sobre como poderia contar o que estava prestes a fazer. Assim como Sofia, é um dos raros aliados nesta casa, quer muito se despedir. Sentirá falta dele, das conversas interessantes. Carlinhos é dessas pessoas com sede de justiça, está sempre defendendo causas com entusiasmo, contestando a tudo e a todos da família, da sociedade. Adora ouvi-lo, acompanhar seus argumentos em torno de qualquer assunto; acha Carlinhos de uma nobreza, mas uma nobreza de verdade, de alma; sua juventude trouxe frescor e alegria aos incontáveis domingos que passaram juntos.

Mas o que mais a diverte, precisa admitir, é que Carlinhos consegue irritar Albertina como nenhuma outra pessoa. Ela, que detesta discussões, finge ignorar todo aquele falatório — a que chama de "puro atrevimento de um jovenzinho comunista que não sabe nada da vida". Porém, ah!, Carolina bem vê as faíscas saindo dos olhos da sogra, pois sabe que aquele jeitão do neto remexe feridas muito antigas, jamais cicatrizadas.

Se não falar agora, não poderei falar nunca...

— Carlinhos?

Chega à porta e o encontra deitado, sorrindo e falando ao celular. Ao vê-la, senta-se na cama, ajeitando os óculos, encarando-a com a suavidade de sempre.

— Olha só, preciso desligar, mas depois a gente conversa mais... Mande meus parabéns pro Akin, fiquei muito feliz por ele! E se tiver mais notícias do reitor, me avise. Beijo, linda.

— Desculpe, Carlinhos, não queria atrapalhar.

— Imagina, Carol, não atrapalha. Estava falando com uma amiga, nada urgente. Tá tudo bem?

Respirar é barulhento, até um pouco difícil. Dar adeus a Carlinhos, confessar a fuga para alguém da família de Eduardo... como seria? Puxa o ar, a voz sai embargada.

— Tudo isso está insuportável, Carlinhos. Cheguei ao meu limite, não dá mais para ficar aqui.

Então é isso. Disse em voz alta, *que alívio*, é mais um passo para o fim; minuto a minuto e seu plano está mais sólido... é como se já pudesse tocar seu futuro. Mas, afinal, qual seria o preço de dizer a verdade para algum Albuquerque Duarte, mesmo que seja Carlinhos? E se for um erro envolvê-lo em tudo isso? Com o coração disparado, sai depressa, corre em direção ao seu quarto, ao quarto de Eduardo. Mas, claro, Carlinhos a acompanha, tentando entender melhor o que acontecia.

— Carol?

— Tanta coisa para arrumar, Carlinhos, tantos anos...

— Com certeza, muita coisa. Mas você é capaz de arrumar tudo, de ajeitar as coisas, a vida. Tenho certeza que sim. Você é incrível, Carol, vai dar tudo certo.

Permanecem assim, por um momento, ela bebendo a força daquelas palavras. Respira aliviada, ele mantém o sorriso, passando os olhos pelas caixas, pelas malas. E é na companhia de Carlinhos que termina de guardar a maquiagem, os itens de higiene e beleza, desde cedo esparramados pela cama. Encara o armário vazio mais uma vez. O que mais quer levar consigo?

Aos pés dela está a sacola com os álbuns de fotos, as lembranças de viagens. Não levaria nada. Deixaria todas essas imagens para trás, retratos de um passado, de um amor que se transformou em qualquer outra coisa, menos no que prometia ser. Eduardo que se vire para acertar o destino das cartas, dos ursinhos, dos retratos. Isso não seria incumbência dela, não mais: de agora em diante, seria responsável somente pela mulher renascida hoje. Que Eduardo queime, rasgue, xingue ou jogue fora esses restos da Carolina-do-Eduardo, aquela que morreu em um domingo de primavera, distante do vestido de noiva, da casa própria, dos filhos que teriam com os olhos do pai e a boca da mãe.

— Como posso te ajudar, Carol?

— Não se preocupe, Carlinhos, acho que está tudo pronto. Ontem fiz quase tudo... Darci e Maria já devem chegar, vêm me ajudar a descer com as coisas, disseram que, assim que terminassem de servir o café, lavariam as louças e subiriam...

— Pois eu ajudo, Carol, faço questão. Queria que você soubesse que te adoro e que você pode contar comigo pra qualquer coisa que precisar, qualquer coisa mesmo.

— Obrigada, Carlinhos. Também gosto muito de você, sentirei falta dos nossos papos.

Darcilene e Maria aparecem à porta. Estão sorrindo, embora tenham os olhos marejados. Respira fundo e fecha a frasqueira. Pela última vez, olha ao redor, despedindo-se do quarto — lugar onde permaneceu a maior parte de seu tempo nos últimos oito anos.

Então sente o roçar da aliança saindo do dedo, o movimento difícil, mas necessário. *É o último passo.* Abre a caixinha de veludo ao lado do falso sorriso nos Andes e, enfim, a deixa ali, à mostra. Agora, sim, sente o começo daquilo que será a leveza do amanhã.

— Estou pronta.

— • —

Pela janela do táxi, despede-se dos três, pouco a pouco se afastando do casarão, de seus ecos, de suas sombras. *Adeus...* Com a mão para fora da janela, sente a brisa do domingo que já se faz noite e fim — mas aqui dentro, nos olhos de Carolina, é como se o mundo acabasse de começar.

É
MADRUGADA

O remanso agora palpita nesse útero inchado em mim, útero-crescente-minguante, gestante de histórias.

Sim, as vozes do domingo se distanciam, as palavras se embaralham novamente, inaudíveis. Mas já é madrugada.

Você me encara:

— Para onde vão, afinal, essas histórias?

Eu, espelho que sou, encaro-te:

— Para onde vamos?

Não me olhe assim. Deixei claro que narro detalhes, ecos que poderiam ser cortados em pequenas fatias de: nada. Mas há tanta essência no breve, no pouco, no invisível, que não resisto. Pois somos tantos, a vida tão pequena, e grande a incapacidade de dar à luz epopeias.

Talvez, desconfio: eu, você, todos nós sejamos caminho e fim, tudo ao mesmo tempo. Somos — ainda que ínfimos, difusos, finitos — pequenas eternidades. Coletânea de domingos.

Talvez...

Mas, agora, faça-se o silêncio. É madrugada e outro mundo nasce, segunda-feira.

AGRADECIMENTOS

Escrever é solitário. Os livros, não. Livros são cheios de vozes, cheios de vida. Romances não são apenas narrativas ficcionais, também segredam bastidores de mãos e olhos invisíveis — mas tão reais. *Domingo* não seria possível sem o entusiasmo de minha mãe, Arlete; sem o incentivo de meu pai, Marco Túlio; sem a confiança de minha irmã, Lívia Laila. Sem o "teto todo meu" (como escreveu Virginia Woolf) que Paulo, meu companheiro de vida, tornou possível.

Agradeço aos colegas que lapidaram *Domingo* junto de mim: Silvio Testa, que há anos acredita neste romance, e Fabiana Medina, pela edição cuidadosa. Também ao mestre Juarez Xavier, pelos toques sobre a cultura iorubá. E aos queridos amigos Rôney Rodrigues, Olavo Barros, Júlia Matravolgyi, Thiago Teixeira, Jéssica Freitas e Priscila Calado, pelas leituras generosas que fizeram *Domingo* melhor.

E a todos aqueles que acreditam em mim e no sonho audacioso de ser escritora no Brasil.

SOBRE A AUTORA

Nasci em Passos (MG), no outono de 1989. Com pai escritor e mãe jornalista — autora das histórias que embalaram minhas noites infantis —, aprendi a amar as palavras. Conheci a força das "narrativas de pequenezas" com os relatos cotidianos da minha avó materna, Didi — que também dizia tanto com seu silêncio —, com as explanações sobre antepassados aventureiros em terras mineiras do meu avô paterno, Alvimar, além das conversas alheias que pesco em restaurantes, bares, ônibus, praças... As ruas dizem tanto!

Sempre digo: nasci para ouvir histórias. Mas também para contá-las.

Por isso, formei-me em Jornalismo na Unesp (Bauru, SP) em 2012 e trabalhei por seis anos nas redações da revista *Pais & Filhos* e dos portais de notícias Terra e iG, como repórter e editora, percorrendo editorias como Política, Economia, Internacional, Educação, Saúde e Ciência. Em 2018, concluí a pós-graduação em Book Publishing pela Casa Educação (São Paulo, SP). Trabalho como autônoma desde 2019, produzindo conteúdo sobre livros e literatura em redes sociais (Instagram e Youtube).

Domingo é meu primeiro livro publicado, selecionado no edital Proac de 2020. As vozes que você encontra nele acompanharam-me desde meus dezessete anos e, finalmente, ganharam corpo no outono (quase inverno) de 2021.

SOBRE A CONCEPÇÃO DA CAPA

A inspiração para a arte desta capa partiu da ideia de que existe uma força que pode mover a linha da vida de cada pessoa. O domingo é o fio condutor entre as narrativas de cada uma das sete personagens, e suas histórias se entrelaçam e formam um desenho feito pelas mãos caprichosas do destino.

O bordado é uma atividade manual que requer paciência e trabalho diligente. Exige tempo para ser feito. E, por representar o tempo, os movimentos cíclicos e a superação, imaginamos que seja uma bela metáfora para a delicadeza deste livro.